Onde a Vida se Perde

Copyright do texto © 2016 Paulo Ferreira
O autor é representado pela agência literária Bookoffice
(http://bookoffice.booktailors.com/)
Copyright da edição © 2016 Escrituras Editora

Todos os direitos desta edição reservados à
Escrituras Editora e Distribuidora de Livros Ltda.
Rua Maestro Callia, 123
Vila Mariana – São Paulo, SP – 04012-100
Tel.: (11) 5904-4499 – Fax: (11) 5904-4495
escrituras@escrituras.com.br
www.escrituras.com.br

Criadores da Coleção Ponte Velha
António Osório (Portugal) e Carlos Nejar (Brasil)

Diretor editorial: Raimundo Gadelha
Coordenação editorial: Mariana Cardoso
Assistente editorial: Gabriel Antonio Urquiri
Revisão: Simone Scavassa
Capa: Pedro Vieira
Foto da capa: Rui Rodrigues
Projeto gráfico e diagramação: Join Bureau
Impressão: Arvato Bertelsmann

Dados Internacionais de Catalogação na Publicação (CIP)
(Câmara Brasileira do Livro, SP, Brasil)

Ferreira, Paulo
  Onde a vida se perde / Paulo Ferreira. – São Paulo: Escrituras Editora, 2016 – (Coleção Ponte Velha).

  ISBN 978-85-7531-653-5

  1. Ficção portuguesa I. Título.

15-08359   CDD-869

Índices para catálogo sistemático:
1. Ficção: Literatura portuguesa 869

Edição apoiada pela Direção-Geral do Livro,
dos Arquivos e das Bibliotecas/ Portugal

Impresso no Brasil
Printed in Brazil

Paulo Ferreira

Onde a Vida se Perde

escrituras
São Paulo, 2016

Para a Cláudia,
que acredita mais do que eu.

Para a Diana,
que um dia voltará a acreditar.

Ordena que te ame
E odeia quando falho
mas usa, abusa de mim
e eu serei feliz até ao fim

Mundo Cão, "Ordena que Te Ame"

PRÓLOGO

O médico foi direto ao assunto. Só tem seis meses de vida. No máximo. Um tumor alojou-se no cérebro e pode estourar a qualquer momento. Ali mesmo, enquanto conversam os dois. Pedro pensa no quisto aracnoideo, descoberto após um atropelamento que não teve mais sequelas do que uma pequena cicatriz no queixo. Aquilo instalou-se no sofá da sala. Parecia uma pequena vírgula.

"O cisto nada tem que ver com o acidente; provavelmente formou-se durante o parto e vai viver consigo a vida toda, sem que alguma vez lhe cause problemas", disse-lhe então o neurologista. Ele repete a sentença agora. Isso não o apazigua. Vai morrer.

O consultório do Dr. Malcata é limpo, claro, silencioso e anódino, igual a outros consultórios limpos, claros, silenciosos e anódinos; às vezes parece que existe um *franchising* de consultórios com paredes de estuque bege, nas quais estão penduradas duas imitações de Rothko. Num dos móveis que ocupa outra parede, vêem-se dois volumes grossos em inglês, a legitimar as ciências médicas. Nem isso o impressiona. A voz do Dr. Malcata é suave e mais pausada do que o habitual, registo que não impediu que Pedro tivesse a consciência absoluta de que, com cento e oitenta dias (apenas cento e oitenta dias), não há tempo que se possa perder. O médico indicou-lhe toda a terapêutica a seguir, o que evitar, o que lhe poderia dar mais conforto, que estava em boas mãos e que ele e a sua equipa tudo fariam para que Pedro passasse o melhor possível.

O Dr. Malcata já vira homens fortes, para quem a vida nunca tivera mãos suaves, desfazerem-se à sua frente em choro. Alguns vomitavam. Pediam licença para sair e voltavam brancos como a cal. Urinavam e defecavam nas próprias calças. Por isso, o médico estranhou a reação do paciente, que aceitou a condenação com uma determinação quase comovente. Se ele não tivesse dezesseis anos de prática, sentir-se-ia um carrasco, como se o mensageiro e o monstro que agora consome Pedro fossem um só. Dezesseis anos de prática, exatamente, e ele sabe que o paciente vai cair em si e que, depois, um manto escuro invade o consultório limpo, claro, silencioso e anódino. Que as noites lhe parecerão longas e sobre os lençóis tão cedo não voltará a adormecer.

Ao despedir-se, Pedro apertou a mão do médico com vigor.

— Posso pedir-lhe um contato direto para o caso de ter dúvidas?

— Claro.

Não era um procedimento normal. Ainda assim, seis meses eram só seis meses. O médico tirou um cartão profissional da primeira gaveta e nele escreveu o número de celular. Pedro saiu do consultório sem bater a porta, tratou do pagamento na recepção e saiu para a rua. Fazia um frio de gelar, que se entranhava nos ossos. O frio é uma prótese que agora todos carregam consigo. Era Agosto, mas ninguém diria, dado o estranho frio que se abateu pelo país, uma frente polar com origem na Islândia que obriga a população a andar de casacos de inverno em pleno verão. É um ano mau para férias. Aliás, um dos seus primeiros gestos foi ligar a Mia e dizer-lhe que não iriam de férias nesse ano.

— Mas está tudo marcado e pago.

— Vamos ter de adiar.

— Estamos a planejar isto há meses.

— Eu sei.

Falava pausadamente e inalava o cigarro, que acendia sempre que fazia uma chamada telefônica.

— Que se passou?

— Não vou poder ir.

— Não podes desmarcar?

— Não posso.

...

— Seja como for, com este tempo é impossível ir para onde quer que seja.

— No Peru não faz frio.

— Claro que faz frio. Há sempre frio para onde quer que tu vás.

PRIMEIRO

*P*edro desligou o telefone, e ela não pensou mais no assunto. Preferia deixá-lo chegar em casa para discutir aquele disparate de cancelar as férias. A estratégia era simples: à noite, sentados à mesa do jantar, falaria e tentaria convencê-lo. Era sempre assim, sem que Pedro pensasse que estava a ser desautorizado ou que as suas escolhas estivessem em causa. Em bom rigor, habituara-se a deixar-se guiar pelas decisões de Mia (as mulheres tomavam sempre decisões ponderadas) e aborrecia-se até quando ela não tomava os problemas para si a fim de encontrar uma solução. Pedro conhecia Mia há mais de quinze anos: fora sua confidente, sua amiga e, depois de umas quantas pequenas tempestades (a meteorologia, a meteorologia), sua amante. Sua mulher. Um pouco de rigor: juntaram-se na mesma casa — a de Pedro —, e as pessoas construíram o resto.

Pedro caminhava pela avenida da República, em Lisboa, sem olhar para onde ia, e na sua cabeça fazia contas à vida: contas com o número cento e oitenta. Não tinha ideia de que faria tudo o que nunca fez; isso só parecia funcionar no cinema americano. Seria realista e elegeria apenas o que considerava essencial e realizável naquele período. Pensa durante os minutos que durou a caminhada (dois cigarros), pelo que não se poderá dizer que tenha refletido muito. A resolução surgiu-lhe de forma clara no espírito e não cederia nesse intento: tentaria, nos cento e oitenta dias, fazer a diferença. Tinha uma relação pouco consistente com a família, os amigos seriam sempre os seus amigos, e não os queria preocupar. Além disso, o que menos queria era passar pelo festival de olhares de pena e de condescendência. Decidiu que contataria somente três pessoas para lhes dizer que estava a morrer. Só essas, e Mia saberia que se tratava de um ajuste de contas consigo mesmo, não com elas. Os nomes, três, pela ordem em que os acontecimentos se deram são:

1. Carmen;
2. Alice;
3. Rita.

A ideia traria, decerto, inseguranças a Mia. Mas ele só tinha seis meses. Mia entenderia, Mia aceitaria a resolução. Essa era uma daquelas decisões que ele não quereria que alguém contrariasse. Passou um carro a alta velocidade, ultrapassando um vermelho, e Pedro pensou:

Que idiota.

Também pensou que já estava atrasado para as aulas e que o melhor seria pegar um táxi. *And Then You Kissed Me*, The Cardigans. E o frio. Pensou no frio. O frio que teimava em não passar.

Ao chegar em casa, Mia puxou o assunto das férias sem lhe perguntar como correra a consulta. Explicou-lhe que precisavam daquelas duas semanas, só os dois, longe do trabalho e do barulho — e da cidade e das coisas de todos os dias. Nem aquele frio a faria mudar de ideia. Tentou seduzi-lo com a possibilidade de não saírem e passarem os dias deitados na casa que tinham alugado. Uma provocação latente, luminosa: poderiam passar todo o tempo a fazer amor, a olhar pela janela, beber vinho, espiolhar, deitados, isso mesmo. No fundo, recuperar a emoção da intimidade que tinham iniciado há quatro anos. Pedro deixou-a falar, comeu em silêncio e nunca a interrompeu.

Ao levantar-se para ir fazer café na máquina expresso, e depois de Mia expor os seus argumentos (pensando que ganhara mais uma discussão), Pedro foi claro:

— Este ano não dá.

Mia estranhou, pois com Pedro era sempre *nim*. As decisões mais banais do dia a dia ficavam sempre do lado dela, quanto mais decisões importantes como mudar de carro, ir de férias, comprar móveis, escolher o filme. Quando Mia não decidia, Pedro arranjava sempre um meio argumento ou uma espécie de meia decisão para que ela definisse a opção seguinte:

— Se pretendiam sair e não sabiam o que fazer nessa tarde, Pedro era o primeiro a dizer "cinema" só para que ela escolhesse o filme.

— Se o assunto era jantar, ele dizia "comer fora", para que ela respondesse com o nome do restaurante e, de preferência, o menu.

Além disso, Pedro preferia mil vezes perder uma discussão a passar por ela e ter de se envolver. Ao manter-se de tal forma determinado naquela ideia, Pedro ganhou a atenção de Mia. Ela então escutou-o. Pedro (este homem não imagina como incomoda as pessoas com as coisas que diz) disse o essencial numa frase e não procurou as melhores palavras:

— Estou a morrer. — A casa ouviu a frase que Pedro tinha guardado para depois de jantar, mas os móveis, os eletrodomésticos e as portas dos armários (coisas que participam na vida de um casal) não perceberam o significado. E Mia, por seu lado, não quis acreditar no que ele dizia. Pedro estava a morrer, quinze anos depois do primeiro encontro, ao qual se seguiram tanto as cumplicidades quanto os desentendimentos.Era preciso voltar atrás, reconstituir. Quatro anos antes, Pedro aceitara-a, enfim; quatro anos depois, presenteava-a com aquela violência. Mia sabia (soube naquele momento) que as nódoas negras lhe cobrirão o corpo para sempre. Mia não pensou em si. Debateu-se com a injustiça de Pedro ter tão pouco pela sua frente. Naquela altura, aliás, Mia pensou em pouca coisa, e a única reação que mostrava que entendera a monstruosidade da notícia foi quando conseguiu chorar. Abraçou Pedro depois de pedir uma explicação. Pedro respondeu a todas as perguntas sem nunca ceder, negando ao corpo a vergonha de se diminuir perante uma evidência tão clara como aquela: *Estou a morrer*. É tão evidente, tão lógico, tão assim, de frente, eu olho as coisas, os eletrodomésticos, os móveis, os livros arrumados (ah, aquela casa vivia com método), e penso: *Estou a morrer*. Mesmo que por dentro fosse como se o cancro já o tivesse devorado, e aquele instante não passasse de uma mera encenação: ele sabia que acabaria por sucumbir.

Quando Mia acalmou um pouco, Pedro fez-lhe então o pedido.

— Quero fazer um jantar.

— Quê?

— Um jantar.

— Um jantar? Um jantar mesmo?

— Um jantar.

— Aqui?

— Aqui. — Silêncio. Ela olhou. Os móveis. Os eletrodomésticos. As portas dos armários.

— Só quero convidar três pessoas.

— Quem?

— Carmen. Alice. Rita.

A seguir às três palavras de há pouco (*Estou a morrer*), só aqueles nomes para atingirem a mesma intensidade. Eram nomes que Mia conhecia bem. Entendera que o melhor seria esquecê-los, como também ele já os deveria ter esquecido. Mas ela era uma mulher madura o suficiente para saber que tal não iria acontecer. Claro que, quando deixamos uma porta entreaberta, mais cedo ou mais tarde há uma primeira corrente de ar, a porte move-se, acaba por fazer um estrondo. Pedro pedia-lhe para fazer um jantar com essas mulheres, e a Mia, apetecia-lhe esquecer o rosto de cada uma delas, desfigurá-las, não as recordar. Não as toleraria em casa. Pedro estava decidido como nunca, e ela percebeu que teria de voltar a odiá-las por meia dúzia de horas só para o ver de novo feliz. Por uns instantes. Ou pelo menos com a sensação de que as coisas poderiam arrumar-se. Há pessoas que passam a vida a procurar chagas só para provar que o sangue ainda lhes corre nos braços.

SEGUNDO

Rita foi a mulher que Pedro teve a maior dificuldade em esquecer. (Nunca esqueceu.) Talvez por nunca ter percebido por que razão um dia ela disse:

— Já não dá.

Conheceu-a no início do ano de dois mil e três, e foi tudo de tal forma imediato que ainda hoje Pedro não consegue reconstituir todos os passos trôpegos ou em trote ou em galope, que foram dados. Conheceu-a numa segunda-feira, numa aula. Nessa mesma semana beijaram-se, dormiram juntos sem se tocarem verdadeiramente diante de uma janela que dava para um parque de estacionamento num bairro de subúrbio. Alguns dias depois fizeram amor. Conversaram pela noite afora, trocaram mensagens entre telefonemas sem sentido, talvez alguma viesse a ser importante. Adormeceram: um com a voz do outro. Deixaram-se levar. Oitenta e três dias, não chegou a três meses. Houve tempo para passarem férias juntos, apresentarem-se aos pais (uma familiaridade tão pouco natural, esta é a minha adolescência abandonada, esta é a minha janela, estes são os meus cigarros escondidos, esta é a minha primeira biblioteca, esta é minha mãe, este não é o meu pai porque nunca soube sê-lo, este é o bairro de onde eu vinha quando chegava perto de ti), planejarem uma casa em conjunto que nunca chegaram a usar. Sempre que se lembrava dessa história, Pedro achava que a analogia perfeita se encontrava na memória da sua avó, uma alentejana que comia muitas vezes pão sem mais nada (com dentes, como é uso dizer) e dizia que a vida não era mais do que "pão com tristezas". Pão do Alentejo, o sabor que recordava, pão do Alentejo, uma planície a desfazer-se debaixo de um céu escuro, era isso que recordava, a farinha amarga, o fermento amargo, o pão.

Pedro e Rita tinham sido o alimento um do outro, numa altura em que não havia fartura, tentando animar-se da melhor forma que podiam. Não, não é isso: da melhor forma que conseguiram, isso sim. Em bom rigor, talvez o tivessem feito. Em igual rigor, ficou um amargo de boca (o pão), por nenhum dos dois saber o que poderia ter sido aquele relacionamento se Rita não tivesse dito:

— Já não dá.

Ele ficou a pensar que tudo fora uma ilusão e que ela nunca gostara dele como ele pensara que ela gostava; que afinal não viveriam juntos o resto da vida; e que, no lugar de filhos, não tinha nascido mais do que uma lembrança vaga, tênue, imperfeita. Foi-se embora, nem o cheiro deixou na almofada, e, afinal, Pedro não iria gostar para sempre do jeito desajeitado com que Rita quebrava copos, tropeçava nos próprios pés, caminhava meio desavinda de encontro aos móveis ou se queimava nas mãos com chá quente.

Não discutiram uma única vez. Não entraram em desacordo, não houve infidelidades, incompatibilidades latentes nem mágoas propositadamente assinaladas. Somente um triste e dolente:

— Já não dá.

Tinham cinco anos de diferença. Conheceram-se quando ela era aluna do curso de Germânicas (*Der Abend wechselt langsam die Gewänder*, Rilke, o poema que ela lhe ensinara a ler, devagar, soletrando, o dedo indicador dela seguindo pelo verso fora) e ele começava a sua carreira de assistente na universidade. Após um percurso acadêmico irregular, com uma clara ruptura de desempenho entre o primeiro e os dois últimos anos do curso (altura em que começou a trabalhar), a sua trajetória profissional bem-sucedida, apoiada numa dissertação de mestrado que dera o que falar, dedicada a Jorge de Sena, voltou a levá-lo às salas de aula, onde agora lecionava uma cadeira inteiramente dedicada à literatura do século vinte. No jantar da licenciatura, Pedro foi o único professor a estar presente e, por ironia ou sorte do destino, ficaram a dois lugares um do outro, separados por uma torrente de inconfidências que alguém ia contando ao longo da noite, enquanto eles riam disfarçadamente e trocavam olhares, copos de vinho, uma sobremesa que não comeram. O resto é história: apaixonaram-se e viveram oitenta e três dias, durante os quais foram parte um do outro; discutiram em quatro dias diferentes; ficaram zangados outros tantos a cuidar feridas abertas; fizeram amor em pouco mais de metade dos dias que passaram juntos (em alguns dias, mais do que uma vez); disseram "gosto de ti" centenas de vezes, sempre uma contabilidade difícil de arrumar, já que muitas outras ficaram implícitas ou materializadas em diferentes formas; dormiram juntos cinquenta e uma das oitenta e duas noites; passaram dezessete dias inteiros juntos, sendo que em oito deles não viram mais ninguém; mentiram um total de vinte e três vezes um ao outro, com predominância para Pedro, que caiu em falta catorze; escreveram mil e quarenta e oito mensagens enviadas por celular, das quais seiscentas e trinta e quatro para dizer que gostavam do outro, cento e vinte para discutir, quarenta e três para dizer boa-noite e bom-dia, setenta e seis para combinar encontros, seis para os desmarcar (as restantes foram dedicadas a banalidades do dia a dia: que tinham chegado a casa, que tinham uma reunião, visto um mendigo, perdido o ônibus escolar); assistiram a dezenove espetáculos: oito sessões de cinema, quatro peças de teatro, três concertos (ela gostava de *rock*, Arctic Monkeys, Red Hot Chili Peppers), duas *performances* difíceis de catalogar, uma ópera e uma instalação igualmente incategorizável. Números e mais números e a única coisa que queriam, o algarismo primeiro de todos, não foi possível. É a vida.

Mia, por seu lado, que fora colega de faculdade, assistiu a tudo em silêncio e pensava que Pedro não aprendia. Incorrigível. Sempre atrás de uma saia e, por detrás daquela placidez que o caracteriza, escondia-se um saltimbanco sentimental. Anunciava os mais conservadores valores de fidelidade doméstica: casar, dois filhos, dois cães, férias num castelo da Escócia, Florença antes da Páscoa, o cosmopolitismo das burguesias nacionais. Quem o ouvisse, acreditaria que era essa a sua ideia de mundo desenhado para ser perfeito. No entanto, bastava ele sentir-se confortável com alguém para logo lhe parecer que deveria continuar "a busca". Demasiadas leituras do período do romantismo alemão, talvez, heróis que sonham com o Mediterrâneo e recitam os fragmentos de Lorelei. Claro que nunca conseguiu encontrar o que procurava, pois o medo tomou conta dele, e a única coisa que aconteceu foi uma série de relacionamentos que no final o deixaram perplexo e com sentimentos de culpa por não ter feito o que devia, mas sobretudo por não ter feito tudo bem. Fora assim com todas as mulheres.

Entrava a jogo, de equipamento vestido e com uma vontade férrea de se superar e, naquele jogo de amantes (das palavras, das surpresas, dos pequenos gestos), era relativamente bem--sucedido, até a um ponto de serem elas próprias, e não ele, a perguntarem: *Somos namorados?*

Ou dissessem: *Gosto de ti.* Ah, as coisas que se dizem.

Ou até: *Quero ficar contigo o resto da vida.* Ah, o que se aprende nos péssimos filmes, na péssima literatura, nos precipícios, nos bairros suburbanos, nos passeios de domingo.

Era mais ou menos nessa altura que ele se desinteressava. Sem se aperceber, começava a olhar para o lado e a tentar ter certezas, pensando muitas vezes: *Esta é a última mulher com quem vou dormir.*

Depois vinha uma profunda tristeza. É fútil o raciocínio, e mesmo que os amigos mais próximos lhe dissessem que um tipo também tem de saber o que quer, isso não o serenava. Havia mais mulheres, muitas mais, muitas mais aquelas a quem queria dar atenção e gostaria de ser o homem das suas vidas. Ligar-se a uma só era o fundo do precipício. Ser fiel e dedicado. Levar o lixo à rua duas vezes por dia, passear as crianças pelo parque, subscrever um seguro de saúde para toda a família. Isso não era a sua praia. Não que não quisesse, mas por não o conseguir. Passava uma mulher, e Pedro olhava-a, havia um jeito desinteressado, a química de um Don Juan dilacerado quando os olhares não se encontravam. Não que Pedro tivesse vivido com muitas mulheres. Fizera por isso. Ainda assim, chegara aos trinta anos e sentira que lhe faltava alguma coisa, um lugar a que se chama casa, filhos que o tratassem por pai, cães que saltariam pela relva, a casa teria um jardim, as burguesias universitárias imitam mal a vida real. Às vezes Pedro era muito infantil.

Nessa altura, Mia pareceu-lhe a solução ideal. Ficaria ao lado de alguém a quem nunca diria que amava (não valeria a pena mentir, "amo-te"), mas que estaria sempre disponível para si — sempre pronta a aturar o seu mau feitio, a instabilidade emocional, o medo de viver que o assolava de cada vez que saía à rua e o TOC, o transtorno obsessivo-compulsivo de que padecia desde pequeno, devidamente diagnosticado pelas autoridades competentes, e que se manifestava nos momentos mais insignificantes. Na contagem das lajes que não pisava, nos gestos programados que teria de cumprir para não sofrer, não se magoar, não morrer nos caracteres das palavras que contava exaustivamente, na soma dos números das matrículas: 55-13-IP, os números que somados dão sessenta e oito, somados os dois algarismos, catorze, e por fim, cinco. Número perfeito, por ser o cinco, mas não tão perfeito quanto o três, cujo produto da multiplicação, quando somados todos os algarismos, dá sempre três ou um múltiplo do mesmo. Três multiplicado por vinte e um mil setecentos e catorze. Sessenta e cinco mil cento e quarenta e dois. Seis mais cinco mais um mais quatro mais dois, dezoito de soma total, um mais oito que dá nove, que por sua vez é múltiplo de três. Perfeito.

Mia agarrou-se a Pedro. Unha com carne, costuma-se dizer. Ele fez o mesmo. E, quando só havia feridas, encontraram o amor. Uma história para contar depois, é isso o amor. Em estado bruto, inexplicável, sem razão aparente. Pedro sabia-o, mesmo que nunca pudesse contar a história da sua vida. Mas sem ser capaz de dizer, de verdade, "quero ficar contigo para o resto da minha vida", a vida tem de imitar a vida.

No entanto, é o que vai acontecer, dados os poucos meses que tem pela frente. Nem o frio. Nem o frio que agora ataca a cidade e as pessoas, as casas sem aquecimento, o afeta: no lugar que Mia ocupa, está sempre o amor. Felizmente estamos em período de férias, de outro modo o que seria dos estudantes — decerto as aulas seriam suspensas; a Assembleia da República congelaria a sua atividade: o processo legislativo, moções de censura, comissões de inquérito (assim como assim, já ninguém parece querer saber da corrupção). Só do frio, muito frio. Não se consegue suportar: mais uma camisola, os termoacumuladores são o eletrodoméstico mais vendido dos últimos meses. Todo o frio, todo o medo, a atacar de mansinho cada uma das pessoas que continuam a pensar que, no meio de tudo isto, estando mais próximas, serão capazes de passar o Verão. E medo, muito medo de não se dizer às pessoas de quem se gosta que longe delas não há nada que não as lembre. Nem o frio.

Mia conhecia-o tão bem, que, de cada vez que Pedro a abraçava, o mundo dela fazia sentido, dizia. Não havia adolescência problemática, a mãe que se perdeu quando ainda não sabia contar os números até à idade que tinha, não havia falta de comida na mesa, sebentas policopiadas, o coração ainda não iniciara aquela contabilidade de feridas — o mesmo coração que é responsável por Mia amar Pedro durante toda a vida. Mesmo no tempo em que ela não sabia que haveria de gostar dele. Quando ainda não havia nem faculdade, nem aulas em conjunto, nem o endereço de correio eletrônico para o qual em tempos enviou mensagens de amor, quase nunca respondidas. *I'll Be Your Mirror*, The Velvet Underground.

TERCEIRO

*P*edro recorda-se da primeira vez que teve uma dor de cabeça tão forte que quase desmaiou em plena sala de aula. Recorda-se desse acontecimento e da forma como sorrateiramente fugiu à possibilidade de ser observado no hospital. Foi um episódio que não se repetiria senão dali a quatro meses, quando as dores vieram para ficar. Sofria de enxaquecas desde pequeno, pelo que, mais dor menos dor, optou por não ouvir ninguém e fazer-se de morto (expressão que pode soar, a todos os leitores sensíveis, pouco oportuna). Disse que fora outra coisa: — Quebra de tensão.

Depois: — Nervos acumulados.

E mais tarde: — Fraqueza generalizada.

A cada desculpa, mais uma mentira (e a cada mentira, o monstro a aumentar de tamanho). Só para que a pressão sobre uma inevitável ida ao médico não subisse. Os comprimidos tomados em doses duplas pouco ou nada fazem. A dor mantém-se aninhada, e nem as drogas, a cabeça encharcada de álcool, o cheiro a alho, o café tomado sem açúcar e no seu lugar umas gotas de limão eram já estratégia suficientemente apaziguadora. Mia avisava:

— Devias descansar mais.

— Devias tirar férias.

— Porque não pedes uma redução de horário?

— Quando vais ver o que é isso?

— Quando o semáforo ficar verde para eu entrar na enfermaria, disse ele, sem ter consciência absoluta da palavra, não entendendo que a linguagem já fora afetada. Um professor que não se consegue expressar. O discurso ilógico, incompleto, de sílabas e sentidos trocados, mas que para ele carregam em si a imagem de uma lâmpada que se acende no exterior dos consultórios sempre que estão ocupados e apenas quando fica verde, se pode entrar. É isto que quer dizer, mas não é isto que consegue dizer. Mia pensa que ele desconversa, não quer dar respostas, a trata com condescendência. Mia ainda não percebeu que ele já não tem tempo para ironias.

Entretanto, chegou o mal-estar generalizado; os problemas com a visão; o formigueiro que se estendeu a todo o corpo; as pernas a vacilar, porque não obedecem; os vómitos. A seguir às sessões de vómitos, vinham as dores na garganta, o esófago que não deixava a comida passar, o desconforto:

— Rala-se um pouco mais a comida.

— Tritura-se a sopa.

— Hoje comes papa.

(Como se voltasse à primeira infância. Senta-se à mesa já sem nome, sem rosto, sem disposição, já não é capaz de comer e sentir que isso o alimenta. Isto nem sequer é o câncer: o câncer é outra coisa.)

Mia, paciente, o rosto da tolerância e da dedicação, tenta dar-lhe esperança, sorri. Como se aquilo ajudasse o monstro a desaparecer. Às vezes as mulheres são tão tontas — tão bonitas

— que, se não fossem elas, os homens continuavam a achar que havia um interruptor que era preciso ligar para nascer o dia.

— Talvez operando.

— Está numa região inoperável.

— Talvez usando outra terapia.

— Já foi feito tudo o que é possível. — Não fora, mas a ele não lhe apetecia passar o tempo que lhe restava em camas de hospitais — a ser medido, pesado e furado.

— A medicina está sempre a evoluir.

— E os dias a passar.

— Talvez ainda haja tempo.

— Não há.

— Não desistas.

— Quem falou em desistir?

— Mas e a fé?

— Foi-se no dia em que soube que tinha seis meses de vida.

— Então, por que este jantar?

(Era, finalmente, a pergunta que queria fazer desde o princípio.)

— Porque preciso de saber.

— Saber o quê?

— Se fui bom o suficiente.

— Não entendo.

— Não espero que entendas.

— Mas esperas que aceite.

— Sim.

— O que te leva a pensar que vou aceitar?

— Porque te conheço.

(...)

— Porque foi sempre assim.

— Talvez eu queira mudar isso.

— Já só faltam mais meia dúzia de meses. É pouco tempo para mudar trinta e tal anos de vida.

Mesmo depois de perder a fé, todos os dias Pedro sai de casa e vai à igreja local. Ouve a missa das oito, mas não comunga. Não se recorda da última vez que se confessou. A aproximação à igreja é recente, como se percebe, depois de uma descuidada educação religiosa, mesmo assim marcada por idas a Fátima e representações de Cristo e Maria no quarto dos pais. Quando todos saem da igreja, ajoelha-se e reza. Deixou de ter dúvidas se alguém o escuta. E também não se interroga sobre a razão de lhe terem decretado aquela pena. Não se rebelou quanto ao transcendente. Neste momento, sabe que é importante acreditar em alguma coisa.

Fora daquele ambiente, por outro lado, Pedro passou a olhar mais para a vida dos outros, invejando a felicidade alheia, que é sempre o prolongamento da nossa morte. Pedro está a ficar invejoso de quem vive, mesquinho com quem (ainda) não tem o corpo magoado pela dor. Quer combater o ressentimento, mas não passa de mais um que se verga à doença. Está só, cada vez mais só, e gostava de se sentir acompanhado na derrota que tem sido aquele câncer. Mesmo com tanto consentimento e resignação, continua sem saber o nome daquela ameaça que promete abraçá-lo tantas vezes à noite, quando Mia apaga as luzes e finge não o ouvir.

QUARTO

A sua vida social foi altamente afetada por aquele evento. Tinha doze anos e nunca mais olharia uma mulher da mesma forma. Estava um dia chuvoso, e ele pensou que ia ver ambulâncias. Mas agora está entretido. Tem entre mãos uma mulher. Bem, não será tanto assim. Há uma mulher que está impressa em papel de lustro a quatro cores, e o seu arquivo numa caixa de cartão, depositada por baixo da cama do irmão mais velho (e a quem pertencia a revista), não retirou brilho às imagens. É uma revista de anônimos expostos, sem estrelas nem grandes produções fotográficas. Pedro tem doze anos e excita-o particularmente uma das mulheres ser tomada por um negro contra uma das paredes da casa. Claro que já se masturbara por diversas vezes. Pensara que poderia despir alguma das colegas da sala. Beijá-las num recanto da escola, passar-lhes a mão pelo corpo a haver. Mas aquilo era diferente: desfez-se das calças e da roupa, deixando-se estar deitado na cama do quarto que partilhava com o irmão (que não imaginava que a sua coleção era vasculhada pelo benjamim). De seguida, pôs a revista sobre o colchão e deitou-se de lado, ocupando a sua mão direita com o sexo hirto. Fechou os olhos. Ao despertar, depois do torpor da ejaculação, reparou que sobre a barriga tinha uma mancha castanha que lhe tapava o umbigo. Ao contrário do que vira em revistas e filmes, o líquido não era branco. Castanho. Uma massa acastanhada invadira-lhe o umbigo e nessa altura ele pensou que estava condenado. Uma doença desconhecida atacara-o, e ele nem sabia do que se tratava. Ia morrer.

Tomou todas as precauções para que o mal não se alastrasse. Sobretudo aos mais próximos, nomeadamente à mãe, que, tratando-lhe da roupa, estaria mais exposta aos efeitos da doença, do defeito, do desvio, da estranheza. Pelo sim pelo não, e tendo em conta a gravidade da situação, foi buscar dois sacos de plástico e com eles postos nas mãos, limpou-se com papel de cozinha, que depois deitou pela retrete abaixo. Depositou os sacos que tinha nas mãos num saco maior e foi buscar outros dois. Limpou-se melhor (uma pequena gota emergia ainda da glande) e atirou fora mais aquele pedaço de papel. Garantindo que os sacos de plástico não tocavam no sexo, foi buscar um par lavado de cuecas à gaveta do fundo da mesa de cabeceira e vestiu-as. Desfez-se das que tinha antes vestidas, introduzindo-as no mesmo saco que já continha os outros sacos, bem como o papel de cozinha. Feitas todas estas operações, lavou as mãos (tirou uma dose generosa de sabonete líquido que aplicou na concha da mão, fez espuma suficiente para o que se seguia e começou: primeiro as palmas das mãos entrelaçando os dedos; depois as costas da mão esquerda; repetiu o processo com os dedos entrelaçados e seguiu para as costas da mão direita; voltou aos dedos — sempre a entrelaçarem-se; e só depois pôde continuar para as pontas dos dedos, por baixo das unhas. Deixou ainda que a água caísse abundantemente sobre as duas mãos durante uns trinta segundos, contados em surdina). Repetiu o processo seis vezes e no final abriu o armário da casa de banho para as desinfetar com álcool um par de vezes.

O ritual de limpeza das mãos teve ali o seu início. Durante quatro anos, a sua vida não avançou sem passar por aquela casa de partida. Por dois motivos: primeiro, achou que, qualquer que fosse a doença de que padecia, a lavagem contínua das mãos atenuaria a potência do vírus e por inerência as suas consequências; segundo, achou que a coabitação com o resto da realidade que o circundava trazia consigo todo o tipo de doenças que, na presença da sua já grave enfermidade, resultaria numa estirpe ainda mais complexa de vírus. Pedro enumerou assim doze regras de boa conduta para não contágio, disseminação e agravamento da sua doença:

1. toda a roupa exterior que tivesse contato com o seu sémen, fosse por via de alguma excitação ou polução nocturna, seria prudentemente depositada em sacos de plástico, que posteriormente seriam largados nos contentores de lixo da rua;

2. não permitir que nenhum membro da família tocasse nos seus fluidos, inclusive a saliva, pelo que não poderia permitir que ninguém bebesse de um copo por si utilizado ou comesse a sobremesa por uma colher sua;

3. nunca usar, em casa, a mesma roupa que usava na escola (por aquela estar cheia de doenças), sendo que, após desfazer-se dessa roupa, deveria lavar as mãos meia dúzia de vezes, num processo que levava cerca de nove minutos, já que cada lavagem demorava

aproximadamente noventa segundos. É certo ainda que, sempre que tocava numa peça de roupa ou acessório *impuro*, mesmo que já tivesse lavado as mãos por seis vezes, todo o processo deveria ser repetido;

4. deixar de tocar em peças e acessórios de mobiliário interior e urbano: maçanetas de portas, puxadores de janelas, interruptores, comandos à distância, botões de elevador ou de multibanco, braços de apoio do mobiliário, teclados e restantes periféricos de computador, etc. Se não tivesse como evitar o toque destes itens, deveria esforçar-se por fazê-lo com os nós dos dedos ou a palma das mãos, nunca com a ponta, pois eram essas as superfícies com maior probabilidade de tocar no rosto; deveria ainda esforçar-se por lavar rapidamente as mãos;

5. após o banho matinal, deveria deixar a água correr durante três minutos seguidos, ao que se seguiria uma descarga de álcool e lixívia por toda a cerâmica da banheira;

6. deixar de dar apertos de mão pelo perigo de contágio, sobretudo porque, como roía as unhas, fazendo ferida por vezes, a probabilidade de os vírus alheios entrarem diretamente na corrente sanguínea seria maior;

7. durante as aulas de Educação Física, tentar ao máximo não tocar no suor de nenhum dos colegas. Detestava os jogos com bola, sobretudo aqueles em que o esférico

era manipulado com as mãos, por estas estarem sempre em contato com o chão. Quando quis fazer as aulas de handebol e basquetebol de luvas, os professores não o permitiram e ameaçaram-no — ou tirava as luvas ou ia para o balneário. As primeiras três vezes optou pela repreensão — e assim teria continuado, se os pais não tivessem sido chamados ao conselho diretivo da escola, forçando-o a abdicar dessa ideia;

8. nunca encostar a cabeça ou as costas aos bancos dos transportes públicos e limitar ao máximo o contato de braços e mãos (deixou de usar manga curta) com as superfícies comuns dos transportes;

9. nunca ler livros manuseados das bibliotecas, ficando apenas com as novidades que chegavam quinzenalmente;

10. tentar que os seus lábios nunca tocassem as faces de quem saudava — o interlocutor poderia ter uma ferida, mesmo que microscópica, e esse vírus presente em carne viva seria imediatamente assimilado pelo seu organismo;

11. evitar ao máximo a ida a restaurantes, pois nunca se sabia se o pessoal da cozinha lavara, de fato, as mãos; mais, não tinha a certeza de que os talheres tivessem sido bem lavados. Outras dúvidas relacionadas com os restaurantes ocupavam-lhe ainda a mente: e se alguém se tivesse cortado com uma faca da cozinha? E se um cliente tivesse provocado uma pequena hemorragia na gengiva com uma garfada mal calculada?

12. procurar não tocar com as mãos no rosto, esfregar os olhos, pois também ele tinha feridas na cara (de acne e das primeiras tentativas para desfazer a barba) e não queria acelerar a propagação dos vírus nos quais as suas mãos tocavam para o resto do corpo.

QUINTO

Carmen e Pedro falavam-se todas as semanas, exceto num período de cinco meses e meio durante o qual ela decidiu, por vários motivos, não falar com Pedro e muito menos encontrar-se com ele.

Fique-se, pois, a saber que Carmen e Pedro se separaram devido apenas a um estúpido determinismo geográfico que os pôs a trezentos quilômetros um do outro, ele em Lisboa, ela no Porto. Ressalve-se, contudo, que, apesar da distância, nunca, em situação alguma, um e outro se tinham sentido tão próximos de alguém. As histórias de amor são simples e repetem os lugares--comuns de todas as anteriores.

Carmen foi o mais louco amor impossível de Pedro. Eles mereciam que Deus não jogasse tanto aos dados e os tivesse ajudado, reunindo-os na mesma cidade. Carmen teria sido a última, a definitiva. Para sempre. Mas trezentos quilômetros eram demasiados quilômetros para um homem atravessar sozinho, e ela vir para Lisboa era de mais: eram os estudos, depois o trabalho de Carmen, era a família, eram as referências que se perdiam e Lisboa não ter nada que sequer se aproximasse da beleza natural da foz do Douro. Eram os bons restaurantes, o frio bom e o peixe fresco. Era o quarto de banho, a sertã. Era estar *à beira* e não *ao pé*. Era a casa de chá do Siza e os quindins da Petúlia. Contra isso, nenhum amor de nenhum homem pode lutar. A contenda é, dir-se-ia, injusta e desonesta. Como combater uma vida, uma cidade? Como tolerar que alguma vez ela perdesse a pronúncia doce de Matosinhos em que os *rres* se transformam em *rhhs*?

Porhhto.

Ela dizia Porto, aliás Porhhto, e Pedro ficava rendido. Trocava um *ão* por um *õõ*, e ele imaginava que a felicidade deveria andar perto. Estuda-se em etnologia. A separação chegou por mútuo acordo, e, quando se deu, eram ainda loucos um pelo outro. A decisão custou-lhes mais do que percorrer aqueles quilômetros a pé (bem, talvez nem tanto, pois nesse caso talvez não tivessem desistido um do outro). A despedida teve direito a um fim com lágrimas das duas partes, sobretudo dele, em plena estação de Campanhã. As estações de comboio ajudam sempre a compor o ramalhete.

— Ficas bem?

— Fico.

— Fazes ideia do que vais fazer agora?

— Sinceramente ainda nem pensei muito nisso. Beber, fumar mais, viajar, conhecer alguém, ter filhos...

— Faltaram-te os cachorros.

— Eles hão de aparecer.

— Agora a sério.

— Estava a falar a sério na parte de beber e fumar. E tu?

— O mesmo de sempre. Ser deslumbrante.

— Se não estivéssemos como estamos, diria que um dia destes ainda acabas mal.

— Nada disso. Eu protejo-me sempre.

— Às vezes não chega.

— Foste um erro de percurso. Amanhã estarás esquecido.

— Devias ter virado à esquerda e não seguido em frente.

— Foi o que eu disse: um erro de percurso.

— Devia ter-te deixado como te encontrei. Sem bateria no celular e com um mapa na mão?

— Mais ou menos isso.

Silêncio. Oroteiro pede que já não tenham palavras e as frases pareçam despropositadas. Camera Obscura, *Tears for Affairs*, uma canção autoajuda. Querem sair dali, acabar com aquilo, talvez aí a música cesse — já perderam tanto, que era só o que lhes faltava ficarem privados do que respiram ainda.

— Ficas bem?

Pedro insiste, repetindo a pergunta de Carmen à falta de melhor interrogatório. Se repetir a pergunta mais duas ou três vezes, talvez finalmente acredite que sim, que a outra parte vai ficar bem.

— Fico. Ir todas as semanas a Lisboa só para te ver era demais para mim.

— Tu não gostavas de Lisboa.

— Aprendi a gostar.

E aprendeu mesmo. Não tanto quanto a sua cidade, mas aprendeu. Carmen diz que só precisa de uns dias.

— E de um volume de cigarros.

— E do iPod.

— Uma garrafa?

— Um bilhete de avião.

— Dois cachorros.

— ...

— ...

— Não tive culpa.

— Sabes isso, não sabes?

— Como se não soubesse mais nada.

— Eu tentei.

— Nunca te acusei de nada.

— Devias acusar. Ficava mais fácil.

— Para fácil já bastas tu. Foi só dar-te um celular para as mãos e já eras minha.

— Estava perdida. Não havia ninguém em volta.

— Quase sem gasolina, queres ver?

— Não. De fato, para o quadro ficar completo, faltava o lugar-comum da gasolina. Infelizmente o depósito estava cheio.

— O lugar-comum completo seria se, além disso, eu não tivesse rede.

— Não. Isso seria exagerar.

— Sabes como sou, sempre dado a excessos e exageros.

— Nada disso. Eu estava à tua espera.

Calados. Comboios que demoram a partir, o rio ali em baixo, papéis que voam pelos carris sujos.

— Tens de ir. Se perdes esse comboio, não há mapa que te valha.

Carmen nunca mais teve ninguém que não avaliasse pelo método de comparação com Pedro. Pedro nunca mais teve ninguém que não avaliasse pelo método de comparação com Carmen.

Carmen foi a relação que assombraria todas as outras. Depois dela, mais nenhuma mulher se sentiria segura ao lado de Pedro. Ciúmes, por vezes nem tanto. A verdade é que era impossível esquecer o que ficou marcado na pele, como um postal ilustrado que se recebe depois do Verão, como uma despedida.

O beijo, o primeiro: impossível esquecer o primeiro beijo. As histórias de amor são tão banais. Roy Orbison, *Blue Bayou*: um dia eu volto. As canções tornam tudo mais fácil.

SEXTO

No dia em que Pedro iniciou a história com Rita, Mia achou que uma parte dela deixou de funcionar. Rita era, à légua, tudo aquilo de que Pedro nunca gostara: para Mia, Rita não passava de uma menina rica, que gostava de falar de mobilidade social e de ascensão meteórica e dos presentes que os pais davam à empregada (roupa nova que já não usavam, eles diziam "criada"), estudante nos melhores colégios, com promessas adiantadas para estudar no estrangeiro e despesas suportadas pelo pai. Mia considerava que Rita era como os políticos que passam a vida a falar de mobilidade social e de ascensões meteóricas (metafóricas, na verdade), já que esse é um conceito que só muito raramente se explica — deve ser para que sirva como excepção à regra. Educados e pós-graduados em colégios de fardas, mais tarde em fatos de consultores (médicos, advogados, juízes), enquanto explicam que são praticamente bilíngues (sempre o advérbio), não se dão conta de que o pai é que lhes ofereceu o carro que conduzem, que lhes deu a possibilidade de demorarem o tempo que entendessem na faculdade, financiando-lhes estudos e preguiça com a mesma generosidade;

nunca faltou *plafond* para a gasolina, e não sabem o que é não ter dinheiro no celular. Não sabem o que é estudar por sebentas gastas, estar três anos sem fazer férias.

Mia estivera por diversas vezes mais de três anos sem fazer férias. A sua vida nunca fora como a de Rita, e Pedro admirava-a por ter sempre respondido com violência aos pontapés que lhe davam. Naquele momento, porém, ela pensou que não era suficientemente importante para que Pedro lhe desse atenção a ela, no lugar daquela fedelha.

— Por que raio apareceu essa tipa?

...

— Ela.

— Apaixonei-me por ela.

— Mas ainda agora acabaste com a Alice.

— Eu sei.

— E tens de ir logo viver para casa dela.

— Não tenho casa própria. — Ele riu-se. — A crise da habitação, a lei do arrendamento.

— Podes ficar lá em casa. Tenho pouca mobília. Seria estranho.

— E não é estranho meteres-te já em casa dela?

— É temporário. Só até arranjar uma casa para mim.

— Que vai ser quando? Em breve.

— Começa a história com ela, se é isso que queres, mas procura uma casa só tua. Enquanto não a encontrares, podes ficar lá em casa.

— Vou mudar-me para casa da Rita, tenho estado a mudar tudo para lá. É o que faz mais sentido neste momento. Ela cozinha mal.

Mia pensou que talvez ele quisesse descansar um pouco e ter outra vida, ganhar o Euromilhões e depender da segurança material de alguém como Rita, como nas histórias antigas. Foi assim que as burguesias nacionais conquistaram vários lugares ao sol. Pensou que talvez ele não fosse quem ela julgava. Pensou que era melhor do que ela. Que seria capaz de cozinhar para ele, sem que isso se apresentasse como um problema ou uma humilhação; pensou que ele descobriria rapidamente que Rita não era mulher para ele; pensou que Rita lhe aturaria a desarrumação, mas porque teriam uma empregada. Filhos louros de risca ao lado, apesar de os dois serem morenos. Pensou que devia desistir e que, se ele preferia Rita, então não queria mais ir a jogo com ele.

Do relacionamento com Rita, falou-lhe Pedro na primeira gravação que fez com auxílio de um pequeno gravador que comprou. A ideia era simples e, considerava ele, decerto longe de original. Deixar um testemunho àqueles que lhe importavam. Ficou claro na sua cabeça que capítulos queria deixar arrumados, pese embora o fato de não tencionar contar a história de forma cronológica. O catálogo das áreas que gostaria de organizar e catalogar. Os capítulos. Uma obsessão de desarrumado, evidentemente. Ele diria como se conheceram; falaria da vida deles em conjunto, não desde que tinham decidido viver juntos, mas desde os tempos de faculdade, em que sublinhava as fotocópias dos apontamentos (que eram de Mia, a organizada); o que ela tinha significado naquela altura da vida; o que esperava que ela fizesse após o desaparecimento dele. Obsessão de quem não deixava um destino, uma memória, uma janela aberta.

Os primeiros segundos foram difíceis, como começar? Mia fora um amor, não havia como negá-lo, mas era tão pouco natural chamá-la assim. Nunca fora capaz de dizer "te amo", refugiando-se sempre em placebos. "Estou apaixonado." "Gosto tanto de ti." (O "tanto" a fazer valer pelo verbo que seria capaz de sintetizar tudo.)

Começou de novo e nesse momento decidiu que Mia seria a única pessoa a quem deixaria a sua voz gravada. Queria que ela inserisse um asterisco antes do nome dele no celular só para que o seu nome não aparecesse, sequencialmente, junto dos vivos. Não queria que ela, para ainda sentir a sua voz, acabasse por fazer o que é comum nestes casos: apagar um nome. Os mais próximos continuam a carregar o número de celular dos mortos, só para que possam ligar para o atendedor de chamadas e ouvir a saudação: "Ligou para o Pedro. De momento não posso atender; por favor, deixe a sua mensagem após o sinal sonoro."

Mia merecia mais do que uma mensagem estandardizada. Mia era Mia, a brava Mia. Nessa primeira gravação, falou-lhe do dia em que se conheceram, acontecimento tão frugal. Não houve um qualquer momento que fizesse a diferença. Ainda calouros, foram apresentados por um colega que a acompanhara da Guarda para Lisboa. A faculdade começara há pouco mais de três meses e, durante esse período, Pedro e Nuno tinham feito a inscrição na faculdade juntos, trocado apontamentos, dividido despesas de fotocópias. Durante três meses, num daqueles acasos que não se explicam, Nuno tentou convencer Mia, dois anos mais velha do que os dois, de que Pedro seria o homem da vida dela. Mia, como seria de esperar, ignorou-o e não fez nenhum esforço para sequer se sentar junto dele nas aulas. Também não se pode dizer que foi nesse dia que Mia se apaixonou. Foi necessário saírem juntamente com o resto da turma até Braga, um encontro de universitários sobre filosofia medieval. Santo Agostinho. São Tomás. Álvaro Pais. Santo Anselmo. Reformulemos:

foi necessário um pretexto para saírem de Lisboa e irem em conjunto até Braga, onde exploraram o *campus* de Gualtar, percorreram o Sardinha Biba, ficaram instalados na pousada de juventude e, no final, continuarem a ignorar Santo Agostinho, São Tomás, Álvaro Pais e Santo Anselmo. Na primeira noite, em redor de cânticos universitários que pouco lhes diziam, excessos que Mia não cometia (não bebia além da sua conta), ficaram os dois a conversar. Ou dito de outra forma, isolaram-se do resto. Nuno, rato velho, via tudo ao longe e, entre mais uma cerveja e um piropo a uma bracarense que passava, reconhecendo o melhor gene mamário do país, pensava que estava certo quanto ao que seria o futuro daqueles dois. É verdade que o que não confessava é que continuava apaixonado por Mia — velha relação que já vinha dos bancos da escola na Guarda e da cumplicidade de quem passa a adolescência e consegue manter o relacionamento com alguém na idade adulta.

Tiveram de regressar em meios de transporte separados (indisposta, ah, a cozinha do Minho, Mia voltara um par de horas mais cedo) e, durante esse período, encheram o celular do outro de mensagens. Sob reserva das mensagens escritas, disse que gostara de estar com ela em Braga, e ela disse o mesmo, acrescentando que naquele momento ia ao médico com o namorado. Pedro sofreu com aquela notícia e percebeu então que poderia estar a cometer um erro. Mia tranquilizou-o e continuou a enviar mensagens. Sob reserva, Pedro quis ser cavalheiro e tentou explicar-lhe que não queria ser um entrave. Sob reserva, Mia disse-lhe que não gostava de travões, mas ainda menos de obstáculos. Explicitamente, Pedro pensou que aquilo era um fora. Em reserva, enquanto o namorado aguardava ao seu lado na sala de espera da clínica, ela deixou-lhe claro que ele insistira em acompanhá-la.

Sob reserva, Pedro disse-lhe que teria feito o mesmo. Explicitamente, Mia acreditou que isso seria verdade. Sob reserva e para si, admitiu que era mesmo isso o que ela queria. Cowboy Junkies, *Misguided Angel*, outra canção desse período.

SÉTIMO

Quando o médico lhe diagnosticou as queimaduras de segundo grau em noventa por cento das costas das mãos, Pedro já tinha tomado três banhos consecutivos pela manhã. Tudo porque, ao sair da banheira, pisara a roupa interior, depositada sobre um saco de plástico do supermercado, com que tinha passado a noite e sobre a qual ejaculara abundantemente, enquanto dormia. As obrigatoriedades do transtorno obsessivo-compulsivo tinham-se agravado nos dias anteriores, e Pedro não foi capaz de eliminar as vozes na sua cabeça que lhe ordenavam que:

1. lavasse as mãos novamente;
2. lavasse as mãos, seguindo o ritual previamente definido;
3. passasse as mãos por álcool quatro vezes.

Nos quatro dias anteriores à sua entrada nas urgências do hospital, lavara as mãos com detergente líquido cerca de setenta e três vezes, sendo que em treze dessas vezes usou detergente de lavar a louça, porque a espessura do líquido lhe oferecia mais garantias. Quando passava as mãos por álcool, possivelmente devido à reação química que o desinfetante provocava, surgiam vestígios deste último, forçando-o a lavar as mãos novamente: se o detergente ainda não desaparecera, dificilmente o vírus fora eliminado.

Os pais tentaram devolvê-lo à razão. Não só naquele dia em que, desesperados, olhavam para os vários fármacos e cremes que o médico receitou, como em muitos outros. Primeiro com falinhas mansas, tentando perceber o que se passava, por que tanta lavagem das mãos. Depois (quando ele já era motivo de gozo entre os irmãos) submeteram-no a um rigoroso controle, entrando pela casa de banho dentro, vigiando as existências de álcool, detergente para as mãos, lava-louça, lixívia (que usava para desinfetar a banheira após o banho), xampu e gel de banho. Pedro era o terceiro filho, seria o último, oitavo primo de uma linhagem na qual só existiam homens, e naquele meio não havia relato de semelhante comportamento. Pedro falava pouco das suas atitudes (como iriam eles compreender que os tentava poupar de uma doença de que era o único responsável?) e negava tudo sempre que possível, decidindo-se a escutar e suportar todo o tipo de humilhações por parte dos familiares: no meio da rua, em almoços de domingo, ao deitar, ao acordar. Todos os dias. Todos os santos dias. Todos, todos, todos.

— Então, já lavaste as mãos?

— Então, não são horas de ir lavar as mãos?

— Já passaram mais de dez minutos e ainda não voltaste a lavar as mãos.

Os almoços de domingo, em que se juntavam tios, primos, avós, eram especialmente penosos. Não só pelo escrutínio a que estava sujeito ("deixa ver quantas vezes irá à casa de banho lavar as mãos"), como pelo estrito controle que ele também exercia sobre as visitas: se tinham as unhas sujas (ou roídas); se tinham cortes nas mãos; se havia manchas de sangue no rosto por uma borbulha rebentada ou por um golpe ao fazer a barba; se lambuzavam os dedos da comida, ficando com resíduos de saliva nas mãos; se alguém se machucara (fazendo sangue) a descascar os legumes ou a cortar a carne. Ainda se lembrava do dia em que uma das tias cortou um dedo a fazer o almoço (cujas sobras serviriam de jantar) e, mesmo que ela tivesse lavado as mãos e as tivesse desinfetado com álcool e aplicado em redor da ferida um penso rápido, ele não foi capaz de ingerir um só pedaço de comida. Um fragmento, uma amostra, um pedaço.

Pedro tem as mãos envoltas em ligaduras. As ligaduras estão presas por adesivo, e ele só pensa que aqueles preparos são um viveiro de doenças. Que tudo vai ficar contagiado e conspurcado e alterado e sujo, fundamentalmente sujo — e ele não tem como desinfetar nada. À noite, as mãos cobertas de ligaduras espalharão doenças pela cama, bactérias, vírus, grãos de poeira invisível, micróbios que ninguém vê; vai tocar nos móveis da casa e vai multiplicar as doenças, muito contagiosas; quando tirar as ligaduras, aqueles móveis estarão cheio de vírus; ao tocar nesses móveis, vai querer lavar as mãos. Uma e outra vez. Seis vezes, pelo menos, que os números pares são mais perfeitos do que os ímpares. Já sente o cheiro do álcool. Já não o importam as humilhações. Ele é um vírus.

OITAVO

Despiu-se de forma automática. Os braços dele eram magros, e não era assim que ela os imaginava, antes. Mas ela conhecia outros braços e sabia que não havia correspondência entre um ginasta e um coração. Deixou-se ser abraçada. Naquele instante pensou que, em dois mil e quatro, se tinha casado com um tipo que conhecera de forma casual e que tinha braços musculosos, fortes, amáveis. Lançamento de um livro, era? Vítor (consultor na área das novas tecnologias) sorriu-lhe abertamente e meteu conversa, pouco depois de pedir um autógrafo. O autor encheu a página de rosto com rabiscos, em alguns deles ilustrava palavras com pequenos desenhos. Vítor, consultor, filho de famílias abastadas de Setúbal (as designações sociológicas são tão definitivas, "famílias abastadas", imagina-se um solar em Azeitão, uma quinta aninhada rente ao Sado), trabalhava por desafio e enriquecia com a produção de vinho, fez por ouvir o nome dela:

— Rita.

E deixou-se estar, ouvido à escuta, junto do autor, enquanto fingia que lia a dedicatória que este escrevera:

— Para o Vítor, com um abraço do.

Vítor e Rita. Sem grandes constrangimentos, caíram na cama um do outro, tomando de assalto os sites que eram de Pedro e nos quais este fazia a sua vida; três dias depois, só três, de dizer "já não dá", Pedro caminhava do trabalho para casa e encontrou-a com aquele estranho. Três dias depois — apenas três dias —, Rita já não se lamentava mais da vida ou da dificuldade que foi perceber que gostara dele, de fato, mas agora já não conseguia. Gostar dele. Continuar aquela relação. Fora sincera e sentira tudo o que dissera, e o mais certo é que tivesse sentido mesmo. Por vezes, naquelas setenta e duas horas que tinham passado, Pedro conseguia acreditar nisso. Agora não. A verdade é que Rita dizia o que pensava. A sociologia é importante, há um rasto de turbulência nas coisas aparentemente discretas e elegantes: as "famílias abastadas" são sinceras, as relações entre pessoas ricas são quase sempre em voz baixa, sem gritarias e sem escândalos. *Music when the Lights Go Out*, The Libertines — mais canções que explicam tudo. As classes superiores são sinceras e libertinas e incómodas. Muitos anos de socialismo não explicaram isso. Mas, naquele momento, ao vê-los, previu que viria aí outra crise. Bateu com os nós dos dedos na cabeça para tentar afugentar os pensamentos maus, mas a estratégia não surtiu efeito. Contou as letras de todos os letreiros com que se cruzou e começou a somar as matrículas dos carros. Deixou de pisar as lajes do passeio. Pensou que, por cada dois passos para a frente, deveria dar um para o lado, alternando entre o esquerdo e o direito. Imaginou que, se rezasse muito, talvez os dois desaparecessem, ou melhor dito, ele desaparecesse. Talvez aí, Rita. Talvez aí ela percebesse que ele era especial (não era) e voltasse para terminarem o que tinham começado. A luta de classes era assim? Claro que nada disto aconteceu e ninguém desapareceu.

Efetivamente, estavam de mão dada, havia sorrisos que eram promessas de amor.

E ele era apenas ele. Com as suas taras e compulsões, seguiu a sua vida e tentava encontrar um propósito para, de uma vez por todas, deixar de se sentir inútil. Um inútil que não se conseguia abstrair dos números das coisas: o número de degraus quando subia uma escada, o número de portas que uma rua tinha, o número de turistas de língua inglesa numa rua, o número de vezes que ouvia a palavra "merda" (ou as palavras "credo", "mãe", "não", "telegrama", "morte"), o número de palavras que constitui um texto de algumas páginas.

Tendo em conta aquele comportamento, não admira que ela o tivesse deixado. Logo ela, tão bonita, tão alta do seu estatuto elevado. Não admira que ela, logo ela, tivesse dito que "já não dá", a luta de classes, e preferisse procurar de imediato outras pessoas. O que ela não sabia, não tinha como saber, é que em tão pouco tempo (oi-ten-ta-e-três-di-as) ele encontrará a seu lado a calma de que tantas vezes precisava para prosseguir em frente: ela conseguia aliviá-lo do peso dos detalhes, de ter de fazer *a* para que *b* não se desse. Ele estava mais controlado, mas agora não. Não conseguia. Como se os episódios desavindos da sua vida amorosa lhe baixassem os anticorpos e ele ficasse permeável a qualquer sugestão. Ao lado de Rita, não somara números de telefone para ver se, somados os algarismos, teria um número múltiplo de três; não pensava constantemente que algo de mal lhe ia acontecer: ela protegê-lo-ia. As classes sociais têm as suas defesas e armas escondidas.

A primeira mulher que teve esse efeito nele (que continuou a ter pela vida fora) foi a mãe. Um pé desfeito?

— Vai correr tudo bem.

O desaparecimento de todo o dinheiro da conta?

— Não te preocupes, resolve-se.

A perda de emprego? O chumbo num exame? Chegar ao aeroporto depois de o avião chegar?

— Não há nada que não se resolva. Há remédio para tudo.

Nem ave-marias, nem pais-nossos (a religião é o ópio do povo, a jangada dos desesperados, a leitura dos deserdados), nem bater com os nós dos dedos na cabeça:

— Vai ficar tudo bem.

Todavia, Rita estava ali (altiva, bonita, rica, apaixonada por um homem de "famílias abastadas" de Setúbal), e ele ficou desorientado. Pensou que aquilo não era possível — era uma afronta, e ela não podia dizer "já não dá" e agora estar nos braços de outro: os beijos, os sorrisos, as promessas.

Aproximou-se, sem ter o cuidado de não se fazer notar, e largou um estúpido "olá".

— Olá — disse ele.

Rita enrubesceu. O tipo ficou a olhar sem saber do que se tratava e não teve muito tempo para reagir: em menos de nada, Pedro agarrou no cesto de pão que estava sobre a mesa da esplanada e atirou-lhe à cara. O sujeito levantou-se e, sem perguntar "quem és tu?", deu um murro que deixou Pedro sentado na cadeira vaga. As famílias abastadas aprendem boxe em aulas particulares. Praticam defesa pessoal, musculação, ginásio, jogam rúgbi, têm reflexos rápidos. Finalmente, estavam os três à mesa. Rita segurou na mão do namorado, que se preparava para terminar o serviço (o sobrolho de Pedro). Pedro não reagiu, não ripostou. As relações entre pessoas ricas são quase sempre em voz baixa, sem gritarias e sem escândalos, mas há rapazes musculados, enérgicos, habituados a manejar pesos e a entrar nos ginásios. Envergonhado, levantou-se e começou a andar pela rua (a andar, um resto de dignidade). Essa foi, durante anos, a imagem que Rita guardou de Pedro: adulto, pagador das suas contas, Pedro a fugir pela rua fora, com as mãos invisíveis escondendo o rosto, enquanto o sangue lhe escorria pela face abaixo. A luta de classes. Pearl Jam, *Last Kiss*.

NONO

Se Pedro pudesse escolher a melhor forma de morrer, teria escolhido morrer de amor. Ou morreria pelos amores que lhe foram acontecendo. A história da vida privada das pessoas remediadas deve ser vivida em silêncio, experimentada em silêncio. Como se sabe, será pelo câncer que teimou em aparecer que ele irá expirar. Tem cada vez mais dificuldades em distinguir as formas quando vai na rua, sente-se mais fraco, como um velho que não consegue andar cem metros sem sentir um cansaço extremo, como se o câncer não estivesse na cabeça mas em todo o corpo. De qualquer das formas, e recorrendo à metáfora do coração para designar todas as questões do amor, ou desamor, o mais certo é que Pedro, se lhe fosse dada a possibilidade de não dispor desse músculo (use-se a imagem em nosso proveito), muito provavelmente gostaria de aproveitar a oportunidade. O fato de ele ter escolhido Mia era triste, mas fora a escolha dele, e com isso convivia todos os dias. Quando lhe perguntavam se as coisas entre ele e Mia estavam bem, respondia sempre o mesmo:

— Bem, estão.

Como se a vida se construísse, e avançasse, em função dos relacionamentos, Pedro achou que deveria pôr fim a um certo tipo de existência meio tortuosa que levava. Talvez fosse altura de ter um contínuo na sua vida, que se formaria de um só nome, ainda que esse nome nem nome fosse, mas um diminutivo. Mia.

Carmen, Alice e Rita foram apenas alguns dos outros nomes. Houve mais. Alguns que duraram semanas, outros meses, outros ainda meia dúzia de dias. Magoou algumas mulheres, decerto, como elas também o magoaram a ele. Não fora decente com todas, não podia. A decência não faz parte dos dicionários do amor. A decência lembra *Fly Me to the Moon* cantado por Peggy Lee, uma orquestra de dança no terraço de um restaurante da serra da Arrábida, numa noite de Agosto — jovens de "classes abastadas" vestindo *smokings* brancos, dançando devagar, segredando ao ouvido de mulheres sem idade, que disfarçam a idade se são mais maduras, e que disfarçam a idade se são apenas debutantes saídas de um colégio privado e nunca dizem "Azeitão" mas "Vila Nogueira de Azeitão". *Fly Me to the Moon*. Canções com a palavra *moon* lá dentro: *Jealous Moon*, com a Nitty Gritty Dirt Band; *Bad Moon Rising*, Creedence Clearwater Revival; *Man on the Moon*, REM; *Shine on, Harvest Moon*, de Nora Bayes e Jack Norworth; *Blue Moon*, as versões de Dean Martin, Louis Armstrong, Elvis Presley, Doris Day, The Coasters, Bobby Vinton, Billie Holiday ou Frank Sinatra; *Full Moon Full of Love*, k. d. lang; *Blue Moon of Kentucky* Bill Monroe and The Blue Grass Boys; *Moondance*, Van Morrison; *There's a Moon in the Sky*, The B-52s; *Harvest Moon*, Neil Young; *Howlin' at the Moon*, Hank Williams; *Slow Dancing with the Moon*, Dolly Parton; *Walking on the Moon*,

The Police. E uma canção de Bob Dylan: *There was an old man and he lived in the moon,/ One summer's day he came passing by.*

Seja como for, Pedro nunca quis sentar-se no divã do psicólogo. No dia em que o fizer, talvez não goste do que ouvirá de si mesmo. Ao longo dos tempos, sabe que errou muito e que para cada ato há sempre um desconto nem sempre acordado, e que será uma questão de tempo até a cobrança chegar para nos sufocar. No fundo, acha que tudo é justo. É ele quem está em falta com o mundo e deverá ser homem o suficiente para aceitar tudo o que se lhe reservou. No estudo sobre a *Gradiva,* de Jensen, Freud pergunta-se se será justo ter de morrer para poder voltar a viver. Claro que talvez ainda não tenha começado a sofrer verdadeiramente. Começará a rezar. Rezará o pai-nosso, as ave-marias de antigamente, para ver se é possível ser poupado ao sofrimento. A dor cresce de manhã, cresce de tarde, cresce de noite como se nunca pudesse parar. A dor é, sobretudo, um livro a fazer.

Pão com tristezas. Engolimos as tristezas e há quem nem sequer chegue a sentir o gosto do centeio. Vamo-nos habituando. Aprende-se que o caminho é fazer o mínimo de perguntas, quase nenhuma interjeição. Poucos pontos de exclamação. Fecham-se os olhos e habituamo-nos à vida que se tem e não à que se sonhou. Depois, só se espera que, mais logo, quando se está sozinho na cama, não doa tanto e não se deseje que a noite passe tão depressa.

No que a Mia diz respeito, Pedro, com a sua habitual falta de jeito, nunca foi capaz de lhe explicar que ela era importante. Deveria ter sido capaz de lhe mostrar que era a mulher mais importante que conhecera e que também era, *provavelmente,* a melhor coisa que lhe aconteceu. Estranho de se pensar, sabendo nós que a vida de Mia se suspendeu durante os últimos anos. Estranho de pensar, e aponte-se até a hipocrisia de Pedro, quando, apesar de reconhecer a importância de Mia, a brava Mia, ele passava a vida a pensar que talvez do que precisasse era de encontrar alguém novo, sem referências, passado, noites de sexo, mensagens de cumplicidade: estranho de aceitar isto de alguém, quando passava a vida a achar que talvez do que precisasse era de uma mulher sem biografia na sua biografia, que gerasse novos ódios, nova pancadaria, novas solidariedades alheias.

Mia revê mentalmente o período que passara com Pedro. Apesar de lhe parecer que tinham sido felizes e que, ainda assim, aquele fora o melhor período da sua vida adulta, sabia também que Pedro nunca conseguira ser o que ela quisera que ele fosse verdadeiramente. Isso irritou-a, por se satisfazer sempre com o que pouco que recebia, por também ela ter problemas e se fechar tanto, achando sempre:

Eu aguento tudo. Tudo.

Mia queixava-se pouco. Aceitava o que lhe davam e continuava a dar tudo o que tinha. Mia nunca apontara o dedo; Pedro nunca apresentara a fatura dos queixumes. Pedro sabia-o e, ainda que tal se desse de forma implícita (inconsciente seria outra coisa), gozava dessa condição.

Numa frase, este homem destruiu a vida de Mia. Pedro não vê isso. Nunca teve interesse em retê-la para sempre, nunca teve coragem de lhe dizer (embora seja dessa forma que esta história conhecerá o seu epílogo, já que se abateu sobre ele uma sentença de morte que lhe limita o comportamento). Este homem não presta. Para prestar, teria de ser capaz de se meter no lugar de Mia e perceber que ela até podia não se queixar, mas isso não lhe dava o direito de a tornar dispensável, um acessório. Este homem não presta; se prestasse, teria amado Mia. Viver em conjunto não chega. Sim, a relação entre os dois também era de amor. Mas só na forma, no resultado final. Deveria ter-lhe dado flores (ele sabe o quanto ela gostaria que ele o tivesse feito). Deveria ter-lhe dado o filho, os filhos, que sonhava. Deveria ter--lhe dito que a amava. Mesmo que isso não fosse verdade, a mentira teria confortado Mia. E a Mia, tudo ele devia.

— Como te tens sentido?

— Bem. Dentro do que é possível.

— Pensas muito no fim?

— Na morte. Podes dizê-lo.

...

— Penso um pouco.

— O que é um pouco?

— Algumas vezes por dia. E por favor não me perguntes quantas vezes.

— Podes sempre falar comigo.

— Eu sei.

— Então porque não falas?

...

— Estou aqui.

— Eu sei.

— A única coisa que está do meu lado para te perdoar...

— É o câncer.

— É.

— Trocava tudo pela possibilidade de não te magoar. Não te magoar mais.

— Eu aguento tudo. Não te preocupes.

#1

CARMEN:
A casa é muito bonita.

RITA:
Está bem decorada.

CARMEN:
São ótimos, os sofás. Adoro os cortinados também.

RITA:
E os quadros, também foste tu que os pintaste, Mia?

ALICE:
Não. Isso fui eu.

DÉCIMO

No teatro grego, apareceriam todas as personagens no primeiro ato? Haveria uma luz de lanterna mostrando-as uma a uma? De entre as colunas do templo, sopraria a música que distingue os deuses dos humanos, os homens das mulheres, o amor do ódio, o dia da noite, a chuva do bom tempo, as vozes do mar e as das montanhas? O narrador está sentado sobre o que resta de um palco improvisado no sopé da montanha e enumera as personagens. Diz o nome dos mortos, anuncia o nome dos vivos. Veja-se Alice: apesar de pouco ou nada se ter falado de Alice até aqui, já a meio da história, a verdade é que ela teve uma importância bem maior do que este silêncio. O narrador está sentado e enumera o nome das personagens, o nome dos deuses, o nome dos rios, e chega a este momento: Pedro convocou somente estas três mulheres, porque todas elas tiveram um relevo tal na sua vida, que é com elas que o protagonista da história quer estar agora e na hora da sua morte.

Alice foi a mulher com quem Pedro viveu quase três anos. Melhor: Alice foi quem mais próximo viveu com Pedro, antes de ele cair nos braços de Mia. Não foi o relacionamento que mais a agrediu: em bom rigor, era mesmo a única mulher de Pedro

que ela respeitava. (Apesar de Pedro ter iniciado o relacionamento com Alice numa altura em que Mia e Pedro estavam tão
próximos, que ela pensou que haveria lugar para uma vida em
conjunto.) Depois, apenas pouco depois do fim da relação com
Pedro, Alice partia para o Funchal e ficaria perto de dois anos
na ilha. Por outro lado, Rita era a mulher instável e fútil; Carmen, a loucura e o regozijo do amor (substantivo que a ma-
goava, mal de gramática); Alice, o sinal de que Pedro poderia
tornar-se monogâmico, perceber *o que era verdadeiramente importante*, ter horários e camisas engomadas.

Nesse tempo, Mia vivia numa espécie de limbo. Ao cabo de
tantos anos, Pedro era finalmente seu. Ainda que tivesse dúvidas. Ainda que por vezes o passado de Pedro a atormentasse.
Ainda que Pedro fosse uma criança grande sempre à procura de
um sarilho maior do que aquele em que se metera no dia anterior. Ainda que por vezes se sentisse numa história com data de
validade. Mia confrontou Pedro muitas vezes com as suas incer-
tezas, e de todas as vezes ele tentou apaziguá-la:

Não sei que mais fazer para que acredites em mim.

(Experimenta dar-lhe atenção, estúpido.)

Houve vezes em que ele conseguiu oferecer-lhe uma amostra de serenidade, de outras (a maioria) apenas aumentava o seu
medo. Mia continuava excluída das suas conversas com Carmen.
Pedro continuava a pensar em Alice, de tempos a tempos. Pedro
continuava a não estar presente, apesar dos esforços dela.
E havia sempre a sua bolha — a bolha em que Mia mergulhava
e a partir da qual declarava a todos:

— Eu aguento tudo.

Claro que não aguentava.

O narrador está sentado sobre o que resta de um palco; fugiu à questão Alice, a doce Alice, como se fosse incapaz de mostrar a importância que Alice teve na vida de Pedro: um amor, um grande amor, que ontem e hoje assusta Pedro: no dia em que ela falou em casar, em ter filhos, ele disse não.

Alice percebeu que Pedro a traía muito antes de ele sequer desconfiar de que ela poderia saber. Não foi tanto uma traição física: não se pode dizer que Pedro tenha dormido com outras mulheres durante o período, aliás períodos, em que estiveram juntos. Bem, para quê mentir?, aconteceu de fato. Pedro e Rita dormiram ao fim de poucos dias, mesmo que existisse Alice e o seu amor, mesmo que houvesse Alice e agora ele sentisse vergonha de roubar xampus quando passavam a noite em hotéis. Já não achava graça quando um anão passava pelas portas automáticas do centro comercial e anunciava a sua presença com um gesto em meia-lua acima de si, para ser detectado pelos sensores de movimento.

Além disso, a traição maior não começou quando Pedro dormiu com outra mulher. Começou quando, dia após dia, Pedro passou a evitar Alice, deixando-a sozinha em casa e entregue aos livros, à pintura e à televisão. Passavam-se dois, três, quatro dias em silêncio. Não era coisa que se fizesse. Não enviava uma mensagem, respondia à pressa aos *e-mails*. Ela dizia-lhe que deveria estar a aborrecê-lo e que o ia deixar trabalhar na esperança de que ele dissesse:

— Não incomodas.

A verdade é que ele dizia:

— Estou aqui um pouco atrapalhado.

(Raramente estava.)

Nas suas palavras, parcas palavras, havia sempre um relatório para dirigir, uma tese para arguir. Por muito que gostasse de Alice, desligara-se. Também ele poderia dizer:

— Já não dá.

Mas a verdade é que isso exigia demasiado esforço. Não queria magoá-la, não conseguia estar com ela, mas também não conseguia pôr um ponto final na encenação.

O problema foi mesmo ficar disponível para olhar, ou pior, para permitir que outras se aproximassem. Quando deu por si, estava já apaixonado por Rita. É verdade que a história com Alice teve vários capítulos, isto é, houve várias formas de pôr esse ponto final, de inventar uma suspensão, suspensões e recomeços que poderiam demonstrar que estavam desenhados — lá, onde tudo se desenha, como no teatro grego — para ficarem juntos. Cada reencontro acontecia por terem medo de cometer o erro da vida deles.

Alice era um pilar no equilíbrio emocional de Pedro, e ele sabia-o. Se contabilizarmos todos os dias que passaram juntos, obteremos o impressionante registo de mil novecentos e quarenta e três dias, marca ainda mais relevante se tivermos em linha de conta que estes cinco anos (um pouco mais), com todos os avanços e recuos, se desdobram em oito. Não se apresentarão mais números desta relação, porque o narrador já usou essa técnica para relatar outro relacionamento (com Rita, vejam atrás, a páginas tantas). Use-se antes uma imagem, uma história, um pequeno relato, cujos fatos remontam a um fim de semana em que Alice passou uns dias com os pais em Vila Viçosa. Foi aí que Pedro percebeu perfeitamente a importância de Alice: ela não compreendia nada das suas obsessões e compulsões, mas aceitava-as, assimilando tudo na personalidade de Pedro. Para isso, muito contribuiu o dia em que constatou que ele passara a noite a rezar só para que regressasse bem a casa. Pai-nosso, ave-maria, pai-nosso, ave-maria, pai-nosso, ave-maria — disse mais de mil e duzentos de forma consecutiva. Tudo porque ao fim da manhã, quando ia na rua, teve um daqueles pensamentos:

— Tenho de contar os múltiplos de três até mil e dois, se não vou chocar com o carro da próxima vez que pegar nele.

— Tenho de contar os caracteres da conferência ou, quando puser o pé nas escadas, vou cair redondo.

— Se for o primeiro a terminar de jantar, Alice vai querer terminar tudo comigo.

Dessa feita, o pensamento fora lapidar:

— Tenho de rezar até Alice voltar, caso contrário ela vai morrer.

Primeiro tentou ignorar aquela suposição, distrair-se com novos cálculos, acreditar que tudo aquilo era irracional. Ela já lhe telefonara a dizer que chegara bem. Tinha almoçado e jantado com os pais, tinha visto colegas de escola, tomado café com os tios, visitado outros familiares, um antigo amigo que Pedro desconfiava ser um antigo namorado. Em breve estaria de volta, regressaria depois de jantar, naquele domingo. Pedro sabia-o e sabia que tudo isso era verdade. Mas perder Alice era de mais. Ao chegar em casa, começou:

— Pai nosso, que estais no céu, santificado seja o Vosso nome, venha a nós o Vosso reino, seja feita a Vossa vontade, assim na terra como no céu, o pão nosso de cada dia nos dai hoje, perdoai-nos as nossas ofensas.

Dificilmente sentia que alguém o perdoava agora. E, como à medida que o tempo passava (sete, oito, dez, onze da noite), a chave não rodava para anunciar Alice, ele assumiu que, de fato, alguma coisa lhe acontecera. Deixando de lado a remota hipótese de desistir, empenhou-se a fundo na sua contrição e não ligou a ninguém para saber se havia notícias de Alice (deveria tê-lo feito). Nem sequer procurou no celular por mensagens ou chamadas não atendidas (se o tivesse feito, teria visto duas mensagens e três tentativas de contato). A sua verdade era suficiente para atravessar aquela noite, e não podia perder tempo: tinha de rezar. Cada vez mais depressa. Logo, esteve desde a meia tarde de domingo sem jantar, a rezar incessantemente por Alice, que chegou apenas na manhã seguinte.

Alice encontrou-o sentado no sofá da sala, naquela cantilena que, de tão repetida, já perdera todo o sentido. Balançava-se para se manter acordado. Ele rezava assim às vezes, como um judeu, de pé, balançando o corpo para trás e para diante, procurando um equilíbrio invisível e impossível entre a oração e o medo de que a oração não tivesse sentido. Ao vê-la entrar na sala, despertou num susto. Quando ela lhe explicou o motivo de ter chegado tão tarde (uma manifestação de caminhoneiros ao início da noite, que desaguou em confrontos, obrigando a polícia a cortar estradas), não ouviu o que ela disse. Quis abraçá-la e ignorou a explicação. Não queria nenhuma explicação. Lá dentro, uma alegria sem par. Não a perdera, era tudo o que importava, e continuava a rezar, inclinando-se ligeiramente para trás e para diante, embalando Alice numa dança absurda no meio da sala onde a luz do dia entrava para denunciar aquela espécie de loucura que não tinha explicação e que não podia continuar. Ao perceber, a pouco e pouco, as horas que tinham passado, correu para o chuveiro, tomou uma ducha rápido, tirou umas calças e uma camisa do guarda-roupa e seguiu para a faculdade.

Alice nunca mais esqueceu aquele gesto.

#2

CARMEN:
Lembro-me deste corte de cabelo.

PEDRO:
E eu, do dia em que tirei essa foto.

CARMEN:
Deixaste de o usar pouco tempo depois de nos conhecermos.

ALICE:
Felizmente.

PEDRO:
Pensei que gostasses do cabelo a tapar-me as orelhas.

ALICE:
E gosto.

PEDRO:
Então?

ALICE:

As orelhas, sim. O pescoço, não.

PEDRO:

Era jovem.

CARMEN:

E idiota.

MIA:

Muito mais do que agora?

PEDRO:

Isso é uma queixa?

CARMEN:

Achas?

PEDRO:

Pelo tom, pareceu-me.

CARMEN:

Impressão tua.

PEDRO:

Ah.

CARMEN:

E a tatuagem? Aqui já tinhas a tatuagem?

RITA, ALICE, MIA:

Qual tatuagem?

DÉCIMO PRIMEIRO

Nos dias que se seguiram a Rita o ter abandonado, Pedro acordava sempre cedo e, nas manhãs que não estavam preenchidas por aulas, queria continuar a dormir sem ter de consumir aquelas primeiras horas do dia. Sozinho. Depois, à noite, queria adormecer logo. Isso nem sempre parecia possível, pelo que se encharcava de álcool, provocando-lhe um sono maior do que os comprimidos que já tentara. Olhava a janela e desejava que a noite passasse bem depressa. E bebia. Bebia mais.

As noites eram particularmente difíceis de digerir, por não ter com quem falar, por sentir apenas humilhação; não: por, apesar da humilhação pela qual passara, ser Rita a mulher com quem queria estar. E isso exigia mais uma celebração (um, dois copos). Durante o dia, tentava cansar-se o mais possível (se o corpo estivesse exausto, ele adormeceria mais depressa). Com esse objetivo em mente, fazia o percurso entre casa e universidade a pé, o que resultava em bons cinquenta minutos a andar e a contar os passos que dava, processando consigo mesmo um penoso divertimento que consistia em adivinhar os segundos que levaria a percorrer determinado trajeto:

— da laje do passeio ao sinal *stop*;
— da passagem de peões junto ao café até à entrada do metro;
— do hospital ao quiosque.

Sempre que faltava uma previsão, pensava:

Agora é que a Rita já não volta.

Se eu tivesse conseguido andar mais depressa, não teria falhado a previsão, e ela teria voltado para mim. Tenho de me esforçar mais.

Se eu tivesse reduzido o tempo da caminhada para metade, claro que Rita voltaria.

Num desses dias, o monólogo interior foi um pouco diferente, e talvez por isso mesmo as consequências dos seus atos se tivessem traduzido em algo de muito prático:

Se conseguir agredir o tipo com quem ela está na esplanada, vinte e três segundos até lá, ela vai voltar para mim.

Não voltou, já sabemos. Nesse dia, como também já se sabe, fez grande parte do trajeto a correr, reduzindo para perto de metade o tempo levado entre a universidade e a sua casa. O fato de um fio de sangue estar a manchar-lhe o rosto, contudo, dificultou-lhe a caminhada.

Passaram-se três anos. Três anos após o incidente em que foi esmurrado em plena avenida principal, Rita apareceu-lhe no gabinete. Muita coisa mudara. Casara, tivera filhos. À primeira criança, do sexo feminino, chamou-lhe Sofia; ao rapaz, Paulo. Sofia, porque fora o nome da melhor amiga desde a infância; Paulo, porque o pai, com quem casara entretanto, assim o determinou. Ela não se importara com a escolha dos nomes. De qualquer das formas, nunca planejara as crianças. Sofia nasceu quando a mãe tinha vinte e cinco anos, e a segunda foi como que forçada para poder continuar a usufruir de um certo estatuto social que, apesar de tudo, aquele relacionamento lhe garantia. Pedro nunca chegou a ser a pessoa que lhe mudaria a vida, embora tivesse havido um momento em que ambos pensaram que isso poderia acontecer. Rita quis a certa altura acabar com tudo e mudar de vida. Entrou decidida no escritório do marido e afirmou que estava tudo terminado. Talvez ela tenha repetido:

— Já não dá.

Mas o seu interlocutor foi mais persuasivo do que Pedro alguma vez fora. Vítor, decidido, sabia o que significava "famílias abastadas do distrito de Setúbal", tinha mais de duas centenas de colaboradores a seu cargo, dinheiro suficiente para sorrir, um botão solto na camisa; recostou-se na cadeira, prestes a tomar uma decisão séria que comprometeria o resto das suas vidas, e fez aquilo que um homem oriundo das "famílias abastadas do distrito de Setúbal" faria nas suas circunstâncias. Observou, mexendo com o dedo indicador no botão solto da camisa:

— Tu não vais fazer isso.

— Não é uma decisão tua.

— Mas eu não te deixo.

— Desculpa?

— Não deixo, não vou permitir que me faças uma coisa dessas.

— Quero separar-me. Já não dá.

(Afinal disse-o.)

— Eu mato-me.

— O quê?

— É isso que ouviste. Se te fores embora, mato-me.

(Este já não é o discurso de alguém oriundo das "famílias abastadas do distrito de Setúbal".)

— Não achas que estás a exagerar?

— Só te peço que fiques. Nunca te pedi nada, é a primeira vez que te peço o que seja. Fica.

Vítor, de fato, não lhe pedia muita coisa. Em grande medida, por ser um daqueles homens que demora a perceber a importância das coisas quando as tem na mão. E ele, convém não esquecer, é um patrão às antigas, rédea curta, pouca confiança, no final sabe-se sempre quem manda. Mas aquela fraqueza era indesculpável, boa para uso de literatura do século dezenove: morrer de amor, o homem poderoso que confessa a sua fraqueza, um amor rendilhado, um amor de bilros, pendurado à janela como uma colcha para mostrar durante a procissão. *Mato-me.*

Vítor não fazia grandes exigências, somente que ela estivesse por perto, que ele a pudesse apresentar aos amigos: a rapariga mais nova, elegante, salto alto, o cabeleireiro ia lá a casa duas vezes por semana, estadias nos *spas*, as férias nas termas, um cigarro de marijuana às sextas-feiras — antes de fazerem amor no quarto que tinha sido da avó paterna, remodelado e com janela voltada para o mar, ao longe, como um aviso. E então ele ficava por cima, ela abria as pernas mansamente, ela sabia que devia arranhar-lhe os ombros, sussurrar, pedir, mover-se, havia uma janela entreaberta, uma colina da serra, um jardim onde a "família abastada do distrito de Setúbal" tinha assistido aos primeiros passos de Sofia, a filha mais velha, ao batizado de Paulo; e havia um quadro de naturezas-mortas na parede creme, ela abria as pernas mansamente, ele caía sobre o lado esquerdo da cama, a respiração ofegante, o costume, as coisas repetiam-se de geração em geração, a família adormecia sempre voltada para o lado esquerdo da cama. Numa parte do discurso, Vítor e Pedro, contudo, repetiram as palavras. Aliás, refira-se mesmo que Rita já provou desse mesmo veneno, e, certo dia, tal como Pedro o dissera a Rita, Vítor disse-o a Rita (no preciso momento da chantagem, a chantagem fora de moda, a chantagem do homem poderoso que abdica momentaneamente do seu poder), e Rita disse a Pedro:

— Quero ficar contigo o resto da minha vida.

Pedro, cheio de dúvidas, acreditou. Depois, ela disse:

— Já não dá.

E nem a literatura, a melhor literatura, que ele leu com prazer e ensinava com fastio, o tranquilizou. Ficou sozinho e, por mais orações que rezasse, promessas que garantisse a troco do seu regresso, não foi suficiente. Ela partira, e a última vez que a vira fora de tal modo humilhante, que ele sabia que não podia repetir a experiência. Rita circulava. Colecionava amores traídos, homens que chegavam e partiam e lhe ofereceram o mais fácil de obter, uma competência caridosa, alguns adormeciam voltados para o lado direito da cama, e ela apreciava muito o gesto. Um anúncio de jornal, alguma coisa como:

Procura-se amante.
Assunto sério
para salvar vida.

Já se vê que não saiu de casa, e a chantagem de Vítor ("Não quero mais viver se fores embora") surtiu efeito ("Mato-me").

Rita, frágil como o papel dos cheques que descontava todos os meses, da mesada, como se ainda vivesse na adolescência, assentiu.

— Está bem. — Depois ainda acrescentou:

— Só não me peças para gostar de ti.

Mas isso ele lhe não ia pedir. Não era isso que estava em causa, o amor. "Gostar de ti", isso não interessava. Ela sabia bem que não interessava, como se ouvisse The Jesus and Mary Chain, *Darklands*. Ele precisava dela, que ela cumprisse uma função. Como, por exemplo, olhar pela janela naquelas noites em que abria as pernas mansamente: obediente, cumpridora.

#3

CARMEN:

É suposto darmos algum abraço no final?

PEDRO:

Seria uma surpresa.

ALICE:

Mas aposto que nem te importavas de ver isso.

CARMEN:

Espirituosa, portanto. Estou a ver que se confirma tudo
o que ouvi falar.

ALICE:

Não sei o que ouviste.

MIA:

Aposto que nem te importarias de ver mais do que um abraço.

CARMEN:
Touché.

RITA:
Quê?

CARMEN:
Nada, nada, querida. Come a tua sopa.

DÉCIMO SEGUNDO

Mia chegou a casa antes de Pedro. E foi mais ou menos nessa altura que ela compreendeu o que seria chegar em casa e não encontrar a natural confusão em que tudo estava sempre. Pedro deixava a roupa pelos cantos, permitia que jornais, papéis de rascunho, diferentes tipos de caneta, *post-its* amarelos colados pela casa fora, livros, caixas de arquivo ocupassem o espaço de arrumação. *Give me a Reason to Love You*, Portishead. Apesar de pedir constantemente desculpa pelo comportamento, não conseguia manter a disciplina por mais de dois, três dias. Era comum que o seu escritório tivesse jornais com meses de acumulação. Que não soubesse onde estavam os cadernos de apontamentos, as chaves, o celular, o roupão. Era preciso dar no mínimo uma volta à casa antes de sair, pois sabia que acabaria por encontrar qualquer coisa de que se esquecera. Mia, por seu lado, era metódica e organizada. Esforçara-se por perceber que, para ele, era simplesmente impensável a ideia de que era possível ter a casa arrumada: a ideia de que era normal levantar a mesa e lavar a louça a seguir ao jantar, levar o lixo à rua. Tinha pudor em pedir-lhe que lhe passasse a camisa a ferro, que lhe comprasse o jornal, não admitia que ela se levantasse de onde estava para lhe aquecer o jantar, ou pior, prepará-lo de propósito, sempre que chegava tarde a casa. Pedro tinha uma forma muito própria de encarar as burocracias da vida (ignorava-as até onde fosse possível). Talvez isso justificasse por que razão a sua declaração de IR fosse sempre entregue no último dia e pagasse sempre mais do que deveria, pois perdia grande parte das faturas de despesas (encontrava-as três ou quatro meses mais tarde, quando se decidia a arrumar, enfim, a secretária).

Mia, ao sentar-se no sofá, sentiu o cheiro de Pedro e, ao passar a mão pelo móvel, pensou no que um médico-legista lhe contara certa vez. Era realmente perigoso que duas coisas acontecessem quando perdemos alguém que nos é próximo:

1. não poder fazer o luto vendo o corpo (em casos de calamidades públicas ou acidentes mais graves, é um cenário relativamente comum);
2. não resistir à tentação de tocar no cadáver.

Dizia-lhe o médico-legista que os que não resistem e acabam por tocar o corpo ficam para sempre com a sensação de frio nas mãos. A par disso, o cheiro do cadáver mantém-se agarrado à pele — entranha-se na pele como se a perda já não fosse dor suficiente. De cada vez que lavam a cara, que tiram os óculos do rosto, é aquele odor que inalam. Nesses casos, dificilmente conseguem ultrapassar o que seja; mais fácil seria terem sido eles a desaparecer.

Mia perguntou-se se com ela também seria assim, se acabasse por tocar o cadáver de Pedro. Pensou também naquele sofá, nos móveis, nas canetas que ele usava. Seria possível que ficassem para sempre com o cheiro dele? Mia encontrava naquele sofá o vestígio de uma memória viva; no velório, por outro lado, seria só um corpo que em tempos respirara. Que ela amara como nunca outro ou como julgou ser possível: nem na adolescência. Pedro era tudo isso, e queria ficar com ele para sempre. Talvez por isso, ficar para sempre com o cheiro dele nas mãos fosse um cenário que idealizava com alguma satisfação.

Não seria capaz de queimar tudo, mas mesmo que fosse, como contornar o silêncio? Há alturas em que as palavras daqueles de quem gostamos parecem ser tudo o que temos: os trejeitos, a forma de andar, o som da urina a cair na retrete. Nunca mais, para sempre: é o mesmo. O peso era demasiado, pelo menos uma possibilidade, uma plataforma intermédia que a deixasse senti-lo mais um pouco. Quatro anos. Fora tudo a que tivera direito — e isso, cada vez mais, parecia-lhe muito pouco para quem não queria menos do que a vida inteira. *Sleeping Is the Only Love*, Silver Jews.

Mia não sabia se iria sentir falta do mau feitio de Pedro, dos maus humores e odores, da roupa suja de que cuidava e até da má comida que ele preparava. Pedro não era especialmente habilidoso, soube-o sempre (fora ela quem instalara os candeeiros da sala, que soubera que tinta usar nas paredes da cozinha, que manuseava com perícia chaves de fendas, berbequins; sabia instalar a botija de gás, quando esta terminava). Mas até os defeitos ela passara a admirar e sabia que sentiria falta deles. Agora Mia não o chama "preguiçoso", nem "desajeitado", nem tem vontade de lhe dizer "não sabes fazer nada", porque, no final do dia, aquele desequilíbrio tinha o seu encanto: as gorduras e as estrias, os pneus, os sinais, as borbulhas. Tudo isso era importante para ela, tudo isso a completa e esgota ao mesmo tempo. Apesar de aquela vida ser especial só porque era a sua, sentia-se privilegiada. Todo este raciocínio é pouco dado a dogmas, é filosofia de pacotilha, uma cadeia de emoções e não de reflexões. Talvez seja, como Pedro lhe chamou uma vez:

— Conversa de bêbado.

Talvez seja. Mas esta mulher toca nos seus limites e está prestes a perder o pé. Ela pressente a brutalidade daquele momento em que vai perder uma parte de si, mais uma, que lhe vai fazer muita falta. Esta mulher já perdeu os braços, as pernas, órgãos vitais a mais e já nem sabe quantos tem ou funcionam: só se espera que nunca perca a sensibilidade. E a capacidade de perdoar; esquecer é outra coisa.

#4

CARMEN:

Que dizem os médicos?

PEDRO:

Que há pouco a fazer.

ALICE:

Quanto tempo?

RITA:

São médicos, não têm uma bola de cristal.

ALICE:

Poupa-me as ironias.

PEDRO:

Não sei.

MIA:

Alguém quer carne?

RITA:
Eu estou bem.

MIA:
Sim, mas a noite ainda não acabou.

PEDRO:
Mia...

CARMEN:
Isto está divertido.

PEDRO:
Só me queria despedir.

CARMEN:
Podias ter mandado um *e-mail*.

RITA:
Os *e-mails* costumam funcionar contigo. Mas assim é melhor.

MIA:
A audiência talvez seja um pouco vasta de mais.

RITA:
Achas?

MIA:
Podias não ter vindo, por exemplo.

PEDRO:

Mia.

CARMEN:

Não teria tanta graça.

RITA:

Graça?

MIA:

É. As crianças gostam de circo.

CARMEN:

Passa-me a travessa, Mia. E tu, Rita, gostas de circo?

RITA:

Não faz muito o meu gênero.

MIA:

Estamos todas ansiosas por saber qual o teu gênero.

PEDRO:

Por favor, parem. Isto assim não.

MIA:

Eu disse que era má ideia.

CARMEN:

Pedro, não vamos ignorar o elefante que está na sala.

RITA:

Elefante?

CARMEN:

Não, não era uma indireta para ninguém, querida.

PEDRO:

Por favor.

ALICE:

Pedro?

PEDRO:

Sim.

ALICE:

Tenho tanta pena.

DÉCIMO TERCEIRO

Alice deixou Lisboa. Para trás ficou a casa que mantinha há dois anos com Pedro. A proposta de trabalho que lhe veio parar às mãos sem que tivesse feito grande coisa por isso pareceu-lhe o pretexto ideal para se afastar de Pedro. Esse período remonta ao tempo em que, pela primeira vez, decidiram pôr termo à relação que mantinham, e a conversa deu-se poucos dias antes de ela o confrontar com as infidelidades:

— Tens a certeza do que estás a fazer?

— Certezas nunca temos.

— E não achas que devias pensar mais um pouco?

Não há muito para refletir. A oportunidade está aí e ou a aproveito ou há outra pessoa. É como tu costumas dizer.

— O comboio só passa uma vez?

— É. É isso.

— E desde quando é que me ouves?

...

— Conheces o Funchal pelo menos?

Não conhecia. Em bom rigor, nunca andara sequer de avião. Alice nascera numa pequena vila nos arredores de Famalicão, acabou por fazer os estudos superiores em Braga, na área da gestão de sistemas informáticos. Vivera quatro anos fora de casa, mas a experiência não a mudara por aí além. Pedro apareceu na sua vida após uma longa história com outro homem, e Alice continuava a sentir-se a mesma pessoa que era quando punha a mochila às costas e o pai a levava a Braga num velho *Fiat 127*, um carro pequeno para tantos livros, tanta roupa, tanta comida para dosear pela semana fora numa casa alugada com uns colegas de curso.

Agora, tudo lhe parecia fazer sentido. Queria deixar Lisboa, Pedro, as traições. Apaixonara-se. Amara-o. Pedro sabia-o. Pedro correspondeu e desejava que ela o soubesse (não é assim tão certo que, na história da sua vida, ele tivesse sido capaz de lhe mostrar). Depois do curso, Alice ficou em Famalicão, onde manteve um emprego em que executava tarefas administrativas, correspondência e telefone, arquivo e pequena contabilidade — e durante mais de um ano encontraram-se sozinhos a trezentos e tal quilômetros de distância um do outro, com telefonemas diários, mensagens de celular e interrupções ao fim de semana num hotel nos arredores do Porto. O hotel era banal e barato, a única janela dava para uma praça de onde saía a rua por onde passavam todos os funerais de domingo, a cama de casal estava coberta por uma colcha de quadrados azuis, e o chuveiro nem sempre tinha água quente. Depois, partiam: dois comboios seguiam em direções contrárias como se não houvesse outro remédio.

Ao fim desse ano de tentativas e de erros, finalmente conseguiu um novo emprego no Ribatejo, na zona da Azambuja, tendo aproveitado para se mudar e rumar a sul. Mais uma vez, estava de mochila às costas, recordações, roupa, coisas acumuladas (os quadros, as fotografias, os livros). Construíram uma casa em conjunto, ainda que tal não fosse assumido de forma plena.

Escolheram cortinados, mesas de cabeceira, candeeiros, a cama, os lençóis que a cobriram, as almofadas para pousarem a cabeça. Aprenderam a cozinhar (ou melhor, ele aprendeu o básico — acompanhamentos, refogados, comida no forno, etc.), a escutar, a passar dias inteiros em que eram só um e outro. Os primeiros tempos foram bons. Por isso, o vaticínio de Mia, logo ao início dessa mudança, parecia estar completamente errado:

— Sei de um casal que, à distância, tudo correu bem. Ao fim de seis meses, estavam separados. (Ela estava magoada e apenas queria estar no lugar que Alice se preparava para ocupar.)

— Não digas isso.

— Não estou a dizer que é isso que vai acontecer.

— Então não digas nada.

— Estou só a fazer conversa.

— Eu gosto dela.

— Às vezes não chega.

— Ela também gosta de mim, se é isso que estás a pensar. (*Não era: o que ela pensava é que também ela gostava dele.*)

— Eu sei. (*Sabia mesmo, e isso magoava-a. Mia não aguentava tudo.*)

— Vai correr tudo bem.

— Espero bem que sim.

(*Não esperava, queria que aquela história terminasse o mais depressa possível, pois estava a ficar séria de mais.*)

Ao fim de seis meses, durante os quais, como um saltimbanco, Pedro saltava entre a sua casa e a de Alice, decidiu aceitar o convite dela e mudou-se para a Penha de França, onde ela tinha um apartamento com dois quartos, uma sala, cozinha, casa de banho e uma simpática varanda com vista para o rio, eufemismo para um enquadramento azulado ou esverdeado, consoante os dias, bem lá ao longe, entre dois prédios de algumas avenidas abaixo, a partir do qual via as luzes da ponte Vasco da Gama quando o sol se escondia.

Viveram dois anos naquela casa. A cada dia que passava, Alice percebia que não queria aquilo, que não queria nada e que, sobretudo, não queria viver sozinha. Pedro passava todas as noites na sua casa (espaço bem mais apropriado à vida em conjunto que o T1 minúsculo que mantinha no Saldanha — caríssimo, e fútil, por sinal), mas Pedro já não estava ali. Passava demasiado tempo ao computador a falar com outras pessoas. O celular não tinha sossego:

— Pareces uma central telefônica. Estás sempre agarrado ao celular.

— É um colega. É o João.

— Que exagero.

— Queres que tenha o celular desligado, é?

— Alice começou a espiar-lhe os passos, acabando por apanhar algumas conversas que o comprometiam. Alice nunca percebeu (seria difícil tê-lo feito), mas Pedro também se sentia sozinho. Após o entusiasmo de uma relação à distância, que lhe deixara o espaço de que precisava para ser ele mesmo e a sua vida pessoal (sair à noite — ela nunca o acompanhava —, os cafés, as aulas, os cursos que mantinha nas bibliotecas espalhadas por todo o país); após seis meses em que vivera a espaços com Alice, o que lhe permitia continuar a ter o melhor dos dois mundos (a segurança dos braços de Alice e a total liberdade de ter uma casa sua, com horários próprios, à qual podia voltar a qualquer altura); após o entusiasmo de experimentar viver a dois, Pedro percebeu que nada na sua vida seria igual. Só mais tarde lhe ocorreu outra coisa: que isso não era assim tão mau.

Alice começou a vasculhar o computador quando ele saía de casa. Consultava as páginas pelas quais ele passara (sendo que o fato de consultar sites pornográficos não era o mais irritante), via os documentos em que ele estivera a trabalhar, esperando pelo dia que chegou sem que ela pensasse que viria tão cedo: o dia em que se esqueceu de terminar a sessão do *e-mail*. Aí, foi aí, que Pedro se descuidou. E foi aí que Alice descobriu o que já imaginara: as suas conversas com estranhos, amigos e antigas amizades, algumas das pessoas (mulheres, sempre mulheres) com quem já mantivera relacionamentos íntimos. Eram mais de cinco mil mensagens eletrônicas, das quais lhe interessaram umas setecentas (já que acedia àquela conta, porque não procurar por casos anteriores a ela?) e cento e oitenta e três conversas de *chat*. As conversas eram mantidas essencialmente com três pessoas: Mia, Teresa, Rita. As restantes eram pouco significativas, manifestações e masturbações mais ou menos discretas de um homem sozinho.

Mia: sabia quem era e, apesar de no início esse relacionamento tão próximo a incomodar, provocando cenas de ciúme (que Pedro cuidou de desmistificar, com sucesso), tornara-se uma situação pacífica. Teresa fora uma antiga namorada da universidade que o trocara por um colega de curso, e o contato com ela parecia ter como único propósito mostrar-lhe que cometera um erro ao deixá-lo (aluno brilhante, o mais jovem assistente) para cair nos braços de um boêmio inveterado. Rita, aluna do último ano, com quem falava todos os dias e que lhe fazia juras, não de amor mas de entrega absoluta (em quase todos os sentidos da palavra), parecia um caso mais sério, e Alice não deixou de observar que Pedro usava algumas expressões que ela julgava exclusivas.

Viu cada uma das mensagens e passou-as depois para um só documento que guardou na *pen* pessoal, juntamente com todas as conversas de *chat*. Então, finalmente, sentiu-se preparada para aguardar que ele lhe contasse o que se passava. Não se pode dizer que não lhe tenha dado essa oportunidade. Puxou o assunto várias vezes de forma indireta, e até direta. Fez silêncio para que ele falasse, mas obteve sempre as mesmas respostas:

— Está tudo bem.

— Estás a imaginar coisas.

— Estou com muito trabalho, muitas coisas.

— Não digas isso.

— Este tipo de resposta durou semanas, nas quais Alice apenas viu o negrume em que o amor se pode transformar. Ela sonhara com ele, o amor. Um hotel nos arredores do Porto fora apenas um preâmbulo romântico; uma casa era já um capítulo dessa história. E estava a resultar mal.

De cada vez que Pedro chegava e, depois de jantar, se dirigia ao computador, Alice tentava comportar-se normalmente. No dia seguinte, logo após a saída de Pedro, acompanhava os desenvolvimentos da relação com Rita, pois entretanto instalara uma aplicação que permitia reproduzir cada passo dado por Pedro enquanto estava ao computador (incrível o que conseguimos encontrar na rede, se procurarmos bem). Era a espectadora privilegiada daquela relação, sabendo de todas as vezes que se encontraram, o que fora o dia de cada um, o que tinham vestido, soube mesmo como foi e onde foi o primeiro beijo (Pedro nunca foi capaz de o recordar).

Numa noite, Pedro perguntou-lhe (estavam deitados e de luz apagada):

— O que tenho de fazer para acreditares em mim?

Ela respondeu com outra pergunta:

— Sabes por que não me sinto segura?

(Chorava, ele imaginou que ela chorava.)

— Por que?

— Porque conheço demasiado bem a Rita para não me preocupar.

Acenderam as luzes. Eles, que já não faziam amor há mais de três semanas, despediram-se nessa noite. Foi curto e quase imperceptível o diálogo que mantiveram. Pedro levantou-se então da cama, em que se deitava sempre do lado direito virado para a porta (algumas correntes da psicologia indicam que quem fica do lado esquerdo assume uma postura mais protetora face às mulheres), pegou na roupa que usara naquele dia, dois ou três livros, o cartão de acesso ao parque de estacionamento da universidade (apesar de usar sempre transportes públicos) e soube que teria de sair dali. Bateu a porta com suavidade. Nada mais havia a dizer.

E coisas. Ficaram coisas: de tudo aquilo só restaram coisas para dividir entre os dois.

#5

PEDRO:

Podemos pelo menos gozar uma boa refeição?

MIA:

És sempre muito modesto com os teus preparados.

ALICE:

Foste tu que fizeste isto?

CARMEN:

De fato, deveria notar-se pela falta de tempero.

RITA:

Está ótimo. Parabéns.

ALICE:

Lá em casa nunca foste capaz de sequer fritar um ovo
em condições.

DÉCIMO QUARTO

Carmen tem um segredo que escondeu durante nove meses.

Recusou encontrar-se com Pedro durante cinco desses nove meses.

— Por que não podes este fim de semana?

— Vais outra vez a casa dos teus avós?

— Queres dizer-me o que se passa?

(Não queria.)

Vergílio tem seis anos e é o primeiro e, até à data, único filho de Carmen. Na sua cabeça, o pai será sempre Pedro. Porque se um filho só pode ser resultado de uma relação amorosa (é isso que se ensina a um bom cristão), então não poderia ser gerado a partir de uma noite passada com um estranho.

Chamou-lhe Vergílio, porque era o nome preferido de Pedro. Ama-o ainda mais, porque é filho de uma vida a dois que não aconteceu. Carmen nunca esqueceu Pedro, porque viveram numa época em que só existiam ideias, eram muito novos. Foi a primeira mulher com quem Pedro fez amor, o que não acontecia com Carmen, que já tivera dois namorados anteriores. Manteve a mentira e disse-lhe que ele era o primeiro.

A paixão de Carmen e Pedro é uma banda sonora de que são feitos os romances de cordel. Viveram a vida apaixonados imaginariamente um pelo outro, mesmo que dormissem com outras pessoas, mesmo que vivessem com outras pessoas. Era para eles o primeiro pensamento, a definitiva sentença de amor.

— Achas que isto alguma vez vai passar?

— Espero bem que sim.

— Espero bem que não.

Jovens e amedrontados, pensaram que era de mais percorrer trezentos quilômetros. Agora vivem com a ideia de que não deviam ter desistido. Jovens e amedrontados, passaram a vida toda à espera de um telefonema que os pusesse um ao pé do outro: uma nova oportunidade de trabalho, uma decisão na vida, o cansaço generalizado por já não aguentarem a cidade onde produziam as rotinas. Houvesse justiça, seria assim. Mas a justiça não tem que ver com isto. Isto.

Carmen recorda-se bem do encontro em Coimbra. Dos passeios pelos jardins:

— Não voltas a passear com mais ninguém por aqui.

— Prometo que não.

Pedro respeitou sempre essa promessa. Apesar de ter atravessado a cidade mais de uma vez com Rita e com Mia; de ter viajado de comboio na companhia de Alice, rumo ao Porto, parando mas não ficando na cidade. Se o Porto era a cidade dos dois, Coimbra era o lugar onde tudo acontecera. Pedro recorda-se ainda (recordar-se-á sempre) daquele beijo. Carmen ri. Sorri muito. A vida passou por ela sem deixar embaraços. Carmen ri.

Descem a rua, há um perfume de outono, vago, úmido, desprendido. Carmen ri, ela ri sempre. Ri das moedas que juntam para pagar a conta do café. Ri dos livros que ele compra na velha livraria do Arco de Almedina. Ri das sombras. Será sempre a mulher mais bela que Pedro conheceu.

Por vê-lo tantas vezes lá em casa, Vergílio acaba por chamar tio a Pedro (impossível ficar no hotel quando o coração de Pedro e Carmen continua aberto — o último a entrar nunca fechou a porta). Chama-lhe tio e senta-se ao colo. Não conhece o pai, porque Carmen não quis.

Ficou lívido no dia em que soube que Carmen fora mãe. Pousou o auscultador e esperou que a dor passasse (Alice estava ao seu lado e ficou com a impressão de que uma dor de cabeça alastrava por todo o corpo). Quis ir ter com ela ao Porto.

— Não venhas, não vale a pena.

— Claro que vou.

— Não vale a pena. Eu estou bem.

Dois dias depois, levado de carro por Alice, estava em Santa Apolónia para apanhar o intercidades. Conseguia reconstituir o percurso estação a estação; indicar por ordem alfabética as paragens; quantos caracteres compunham os nomes das localidades, quantos quilômetros as separavam. Fizera tantas vezes aquela viagem (quando ia ao encontro de Carmen, mas também de Alice), que lentamente começara a contabilizar, ordenar e finalmente a armazenar estas informações.

Toda a viagem foi um tormento.

(*Como é que ela foi capaz?*)

Ao chegar, depois do primeiro cigarro, viu Campanhã novamente, sete meses desde a última vez que ali estivera. Desceu as escadas da plataforma, subiu de novo as escadas rolantes para chegar à estação-mãe e olhou desinteressadamente para as capas das revistas da papelaria, seguindo para os táxis. No hospital, encontrou a mãe e o pai de Carmen. O segundo ignorava a sua existência, mas a mãe não. Foi um cumprimento frio, como quem castiga a dor. Carmen estava ainda um pouco debilitada, mas sorria. A criança estava perto dela no berço. Entregou-lhe as flores que comprara no próprio hospital. Sem palavras. Carmen deu o pontapé de saída para dizer novamente:

— Não precisavas de ter vindo.

(Ela quis dizer: *Que bom estares aqui.*)

…

— Queres pegar-lhe?

— Quem é o pai?

— É importante?

— É.

— Não está aqui. Vai estar?

— Não.

— Sabes quem é? (*A pergunta era desajeitada.*)

— Sei.

— Conheço-o?

— Não é importante.

— É.

— Para que queres saber isso?

— Porque preciso de saber.

— Tens de parar com isso.

— Com o quê?

— Ter de saber sempre tudo.

— E tu tens de parar de me tratar como se não percebesses o quanto isto é importante para mim.

— Conheces, sim.

— Não vais dizer quem é?

— Não estava a pensar nisso. Amor. Tantos anos depois, sempre o amor. E silêncio. A criança no meio dos dois. Pedro a pensar:

Devia ser meu.

(Devia, de fato.)

Contudo, a única coisa que conseguiu foi pedir:

— Posso pegar-lhe?

#6

PEDRO:

Pelo menos fomos felizes durante aquele período.

CARMEN:

Acho que, à vez, deves ter sido feliz com qualquer
uma de nós.

PEDRO:

Acho que sim.

MIA:

Tanta convicção não.

ALICE:

Não me sinto muito confortável com esta situação.

MIA:

Ninguém se sente.

CARMEN:

Já estamos sentados.

MIA:

Uma mão cheia. Um dia vamos recordar que éramos cinco à mesa.

ALICE:

Talvez isto tenha sido uma má ideia.

MIA:

Talvez.

PEDRO:

Não te vás embora, por favor.

ALICE:

Para quê isto?

MIA:

Sim, para quê isto?

RITA:

Mia, podes passar-me o vinho, por favor?

CARMEN:

Não tens nada mais forte?

DÉCIMO QUINTO

Mas voltemos ao momento em que Rita volta para Pedro, ou de outra forma (a forma correta): passados três anos, Rita não se fez anunciar e entrou pelo gabinete dentro. Era o mesmo desde os tempos em que eram somente professor e aluna.

Ela também. Não era só o lugar-comum (continuar bonita). Eram o mesmo sorriso, as mesmas expressões faciais, a mesma maneira de elaborar as frases, de infletir a meio, de regressar a um assunto, de baixar a voz. Quando ela se encostou à ombreira da porta, numa pose cinematográfica e não tanto teatral ou dramática, Pedro tinha na mão *Sinais de Fogo*, de Sena, e pensou que Rita não estava de fato ali, e que o seu TOC descambara em alucinação pura. Era simples: ela *não podia* estar ali. Ele seguira a sua própria vida, tal como Rita seguira a sua, ao lado daquele homem pelo qual o trocou. Sabia dela por outras pessoas (o vínculo que nunca conseguiu quebrar, a curiosidade, o interesse, a mágoa, o desejo de ferir-se), arranjando forma, através de antigos alunos, de lhe ir conhecendo o percurso. Não que ela tivesse seguido os seus estudos, mas porque ele a recordava todos os dias.

No entanto, apesar dessa tentativa de controle, fizera por não falar mais com ela e tentara realmente esquecê-la, diminuindo largamente a periodicidade com que tentava averiguar e recolher informações do seu trajeto. Quando chegou o primeiro dia em que não lhe dedicou qualquer pensamento, achou que estava curado. Precisava de o fazer, porque a cena vergonhosa em plena via pública assim lhe exigia. Sabia o que passara: claro que nessa altura quem lhe valeu, como sempre, foi Mia, a brava Mia. Foi ela quem lhe enxugou a face, julgando que ele se recolheria no seu regaço como qualquer criança a quem se enxuga a face. Mia ouviu tudo o que Pedro lhe contou (embora este tivesse omitido alguns episódios) e deixou que ele a abraçasse. Ou que ela se abraçasse a ele (não é fácil de apreender). Pedro e Mia passaram a noite juntos, sentados no sofá preto, e não disseram grande coisa pela noite fora. Ela saiu quando já eram sete da manhã, o tempo de que necessitava para ir a casa, tomar uma ducha, mudar de roupa e seguir para o trabalho. O que Mia viu naquela noite não estava relacionado com os sentimentos de Pedro por Rita. Mia nunca vira tanto horror no rosto de Pedro e, durante a noite, quis sair daquele sofá preto por diversas vezes onde permaneciam agarrados para fazer o que disse que faria se Rita alguma vez o magoasse:

— Um par de estalos.

Rita ainda está à entrada da porta, encostada à ombreira, e espera que ele lhe diga:

— Tu, aqui?

Não, não era isso o que ela esperava que ele dissesse. Era:

— Entra.

E ele sorriria, comovido, embevecido, envergonhado, feliz, esgotado, radiante, suspenso, brando, espontâneo, luminoso, manso. Mas Pedro não fez nada disso. Limitou-se a recuperar o seu lugar à secretária, sentando-se devagar.

Como ele não diz nada disto, ela toma a dianteira e aproveita para se sentar no lugar vago, em frente à secretária de Pedro, onde uma pilha de trabalhos de alunos impede o contato visual. Rita sorri (o mesmo sorriso) e, sem que ele tivesse tempo de dizer fosse o que fosse, murmurou:

— Desculpa.

Foi mais ou menos nessa altura que Pedro voltou a perder o controle e berrou um impropério que Rita fez por ignorar: estava preparada para isso. Ela estava preparada para isso porque nada lhe era estranho, nada naquele porte, naquele sorriso onde estava impressa uma superioridade indecifrável.

Ela tinha, de fato, a capacidade de o alterar. Não houve outra mulher que lhe provocasse aqueles estados de cólera, ninguém quanto Rita. Ela vinha preparada para a reação.

— Eu sei que, tentou ela.

— Saber saber, não sabes, berrou ele. Um professor seguia pelo corredor e estacou para ouvir a conversa. Ao verificar que alguém o escutava, Pedro teve a frieza de parar e dirigir-se à porta, fechando-a com violência. Rita sobressaltou-se com o estrondo, que lhe fez tremer todo o corpo, e foi mais ou menos nesse instante que pensou que afinal, talvez não estivesse preparada para enfrentá-lo, e que aquele encontro talvez fosse uma má ideia. E, portanto, era preferível que a culpa a consumisse lá dentro, invisível, anónima, indecente, por não ter dado uma oportunidade a Pedro, sem lhe dar mais explicações além de uma frase seca que ele não iria esquecer:

— Já não dá.

Pedro explodiu uma vez mais de horror e sentiu que perdia o controle:

— É preciso muita cara de pau.

Se a ira se consumisse nos olhos, dir-se-ia que estava cego. Ainda lhe perguntou:

— Que raio fazes aqui?

— Vim ver-te — soluçou ela — sem que ele ouvisse.

A qualquer momento, Pedro faria um disparate, e Rita pressentiu-o. Ele também. Porém, da mesma forma que se deixou tomar pela fúria, rapidamente serenou por completo, e deixou-se levar pelo que ela disse depois — ou antes, ou num daqueles momentos intermináveis:

— Estou arrependida.

DÉCIMO SEXTO

*H*abituou-se ao Funchal com relativa facilidade. Era uma cidade aprazível, com um tamanho adequado para quem foge do passado. Por isso, conseguiu em dois anos o que não construiu em três anos a viver em Lisboa: uma rede de relações e de amizades. Talvez por ser uma cidade pequena, por estar numa ilha e haver a ideia implícita de que apenas existe a terra que assenta sobre o Atlântico, o Funchal vivia voltado para dentro e tinha lugares acolhedores.

Alice fora destacada para uma delegação de serviços do ambiente, cuja sede ficara instalada, de forma provisória (o que significa que se tornaria permanente), no edifício da Câmara. Manteve casa durante um ano e meio numa das ruas que desciam, perpendiculares, sobre a avenida Arriaga. Estar a dois passos do mar ajudava: havia sempre um odor de sal e de umidade limpa. A casa era claramente acima das suas posses, mas considerou que, por viver sozinha, tinha sentido investir um pouco mais no local onde iria passar a maior parte do seu tempo. Não contava, contudo, que a partir das sete da tarde o centro da cidade morresse quase definitivamente — tirando a esplanada do Café do Teatro, que frequentava quase todos os dias. Se assim era, talvez também não contasse que houvesse sempre alguma coisa a acontecer (era um destino turístico, era natural que assim fosse: festas da Sé, do Atlântico, festivais de música, feira do livro, peças de teatro), e que as pessoas se juntassem em torno desse coração móvel da cidade. Integrara-se num grupo de seis, sete pessoas, quase todas homens, um deles apaixonado por ela. A experiência de viver no Funchal mudou-a de alguma forma. Na província há uma obrigação de socializar, o que a levou a sair mais de casa, jantar fora com amigos, passear pelas montanhas ao fim-de-semana, seguir os roteiros das florestas, ainda que sentisse falta dos pais, dos irmãos, do sobrinho, de Pedro. Sentia falta dele e pensava várias vezes que, se ele não tivesse sido tão imbecil, poderiam estar a passar os dois por aquela experiência. Era óbvio que ele não poderia ter-se mudado para o Funchal. Mas, se tinham estado dois anos a viver à distância (ele em Lisboa, ela em Famalicão), decerto teriam conseguido encontrar uma ponte de equilíbrio. Se ele não tivesse sido tão imbecil a ponto de ter ido viver com aquela jovem da faculdade, poderiam agora passear-se pela avenida do Mar, tomar uma bebida no Lido, percorrer as levadas, nadar no Porto Santo. O centro do Funchal era particularmente simpático para passeios a pé (a falta de declives ajuda sempre — ali não havia sete, dezessete?, colinas), era fácil pensar que poderiam ser felizes ali.

Imaginou como seria resgatá-lo para aquele ambiente, tirá-lo do seu circuito habitual no centro de Lisboa, levá-lo para ali, onde não existiria trovoada que não viesse entre as árvores, tempestade que não chegasse pela beira do mar, biblioteca que não tivesse as janelas voltadas para as colinas. Não existiria aquela sala de trabalho que para ela era um retrato sórdido da sua solidão. Não existiria Rita.

O que Alice não sabia ainda era que, nessa altura, Rita já pronunciara a frase fatal (aquele jeito para fazer deslizar as sílabas, uma a uma):

— Já não dá.

E fora viver com um homem que, entretanto, o esmurrara. Ela não sabia que Pedro estava de novo perdido, ou melhor dito, só não estava submerso, porque Mia não o permitia e suportava estoicamente a seu lado a separação de Alice, o curto relacionamento com Rita, o fim do mesmo, a humilhação dele — a única pessoa a quem teve coragem de contar o episódio fora Mia (claro, quem mais?).

Alice não o sabe, mas Pedro pensa todos os dias nela, espera que lhe ligue.

(— Se eu não tivesse tido aquelas conversas.

— Se eu tivesse ignorado a Rita.

— Se ao menos lhe tivesse dado um pouco mais de atenção.)

Pedro também não sabe que Alice ainda pensa nele. E, apesar de ter vontade de lhe ligar a pedir desculpa, perdão, não o faz porque ela lhe disse que não a procurasse mais: que esquecesse o seu número de celular (impossível; ele vivia de mnemônicas). Alice quer é que ele faça exatamente o contrário: que lute por ela, deixe aquela mulher, a outra, e a procure. Apanhe um avião, agora estão mais baratos, e peça indicações no posto de turismo: onde vivia o amor da sua vida. O Funchal era uma cidade obscura para ele, mas o fato de não conhecer nada da Madeira não podia ser uma dificuldade tão forte para que ele deixasse de tentar.

Pedro, do outro lado, ponderava mesmo a hipótese de a contatar, imaginava a melhor forma de dar com ela:

— Com tanta biblioteca que me chama e nenhum telefonema para ir ao Funchal, logo eles que têm sete, uma em cada concelho.

A certa altura, pensou que talvez ela ainda consultasse o seu *e-mail*. Claro que entretanto mudara a senha. Mas nada que não tivesse solução.

Voltou a registar a anterior senha, e de seguida passou a controlar todos os acessos à caixa de correio (antes disso, obviamente, limpou todas as mensagens, especialmente as mais privadas, conversas que pudessem incriminar um homem que vivia cercado pela culpa). Com esse controle, num caderno especificamente criado e utilizado para o efeito, conseguiria saber se alguém violaria a correspondência. Um dia, dois dias, três dias. Quatro, cinco, seis, uma semana. Duas, um mês, dois meses, três meses.

Três meses depois, um acesso. No dia seguinte, outro.

Sempre à mesma hora. Alice suspeitou que estava a entrar num jogo dele, mas deixou-se ir e decidiu jogá-lo. Esse assunto nunca seria abordado: eles voltariam a estar juntos. Só isso importava. Pedro nunca mais mudaria a senha, porque queria que ela seguisse o seu trilho, soubesse como organizava o seu dia a dia, como mentia, como trabalhava, como sonhava, como pedia ajuda silenciosamente, como lhe apetecia atravessar o mar. Talvez, se ela pudesse avaliar cada reunião, cada pedido de uma instituição pública, cada mensagem de esclarecimento aos alunos, cada *newsletter* e o restante lixo, talvez conseguisse voltar a confiar nele. Pedro não só admitia aquela voluntária violação da sua privacidade, claro, como deixava pistas e desenhava um labirinto onde era sempre encontrado. Naquela altura pareceu-lhe um preço muito baixo a pagar para tê-la de volta.

Alice começava a ceder e a aceder cada vez mais ao *e-mail* de Pedro. Era um jogo bom para se jogar no Funchal. Apesar de não acreditar totalmente que ele não soubesse que ela o vigiava, era verosímil que, seis meses depois, ele voltasse à mesma senha (de fato, Pedro podia ser ingênuo o suficiente para isso). Experimentou as palavras-passe do *homebanking* (a mesma), da livraria *on-line*, onde adquiria sobretudo obras para o trabalho na universidade (*idem*), dos sites de informação (igual). Ele quis voltar atrás e restabelecera todos os segredos do passado, uma rede de pontes entre universos que corriam paralelos. Pedro transportara –se para o tempo em que Alice existia na sua vida. O TOC assim lhe ditou:

— Se voltar a comprar o jornal no site que comprava quando conheci a Alice, ela vai pensar em mim.

— Se voltar a ler dois romances por semana, como no tempo em que a conheci, a Alice fará parte da minha vida.

— Se voltar a pôr açúcar no café, como no tempo em que a conheci, ela vai-me ligar.

— Se voltar a dar formação em horário pós-laboral, como no tempo dela, serei suficientemente grande para ela.

Anotou, no mesmo caderno em que apontava os acessos ao *e-mail*, trinta e quatro rotinas que mantivera no período que antecedera a vida com Alice. Seguiu-as escrupulosamente, inclusive voltou a não fumar (o que era complicado, já que se tratava do seu reduto quando alguma coisa parecia não correr bem). Se ela se apaixonara por aquele Pedro, que mudara por Alice, em função do que era a vida com ela, talvez o sentimento voltasse. Talvez ela só gostasse desse Pedro de então.

No Funchal, Alice insistia, sentada diante do monitor, pesquisava palavras-chave (noite, hotel, amor, fim de semana, escapar, beijinhos, coração), controlava igualmente as horas dos acessos, apontava tudo num arquivo do Excel. Sabia exatamente quanto tempo passara no *e-mail*, quantas vezes fora ao banco na Internet, que compras fizera pela Internet (curioso: voltara a comer feijão-verde e a usar aquele perfume insuportável). Alice, pelo que lhe era dado a ver (e era muito, pois Pedro acedia ao computador da faculdade em casa e vice-versa, tendo sido muito fácil para ela, engenheira de sistemas, obter acesso a tudo), conseguia reconstituir o cotidiano de Pedro.

Talvez Alice não tenha perdão, talvez esteja a exagerar, talvez ninguém mereça ter a sua vida assim vigiada. Mas tem. Tem perdão, tem razão. Ela faz isto porque sonha com ele, porque imagina que os dois podem passear nas enseadas de Porto Moniz e subir ao pico do Areeiro na próxima Páscoa. Vê os *e-mails*, controla a vida daquele homem que finge que tem a vida controlada. Tenta não dar um passo maior do que a perna. Quer estar com ele hoje, agora, mas sabe que não pode. Tem de se assegurar de que ele está diferente. De que tudo será diferente. Talvez um destes dias lhe envie um *e-mail* que ela própria lerá primeiro do que ele.

#7

ALICE:
Nunca soube até quando deveria esperar por ti.

MIA:
E achas que ele alguma vez soube quando deveria parar
de te procurar?

ALICE:
Quero ir-me embora. pedro: Fica mais um pouco.

ALICE:
Para quê?

PEDRO.
Estou a pedir-te.

ALICE:
Disse para quê, não porquê.

PEDRO:

Por favor.

ALICE:

Não posso. Está a ficar tarde.

PEDRO:

Ainda nem é meia-noite.

ALICE:

Amanhã levanto-me cedo.

PEDRO:

Amanhã é sábado.

ALICE:

Sim, mas trabalho.

RITA:

Trabalhas ao sábado?

ALICE:

Há pessoas assim.

RITA:

Mas o que fazes mesmo?

ALICE:

...

CARMEN:

Rita, come tudo o que tens no prato, sim?

MIA:

Alice, fica mais um pouco.

ALICE:

...

MIA:

...

CARMEN:

Bebe um pouco de água.

RITA:

Estás bem, Alice? Que se passa? Pareces pálida.

ALICE:

Não, não estou bem. Cabra. Não estou. És uma cabra.
Depois falamos.

DÉCIMO SÉTIMO

Rita e Pedro, depois de ela ter aparecido no gabinete dele ao final do dia, passaram a noite juntos. Fizeram amor, adormeceram. Havia uma luz amarelada no quarto, o ruído da cidade. Voltaram a fazer amor de manhã. Ao pequeno-almoço, e sem que ela o pudesse prever, Pedro pediu-lhe que saísse e nunca mais o procurasse.

Quando ela já estava à porta, Pedro terá dito:

— É para sempre, Rita.

Mas isto já não se sabe se é verdade ou não — o narrador imagina que sim, tampouco poderá dar-se por verdadeiro que ela tenha respondido:

— Eu sei.

#8

RITA:

Obrigada. Estava tudo ótimo.

PEDRO:

Obrigado. Vais já?

RITA:

Não, não. Era só um cumprimento.

MIA:

Mas podias. Já bebeste café.

PEDRO:

Mia.

MIA.

Sim?

PEDRO:

São convidadas.

MIA:

Não precisas falar mais baixo. Sei o que são.
Mas são tuas convidadas, lembras-te?

RITA,

ALICE,

CARMEN:

. . .

MIA:

Eu levo os pratos para a cozinha.

ALICE:

Eu ajudo.

DÉCIMO OITAVO

Essa foi a primeira vez que Pedro visitou o Funchal. A primeira vez que Pedro esteve na Madeira foi para ver Alice. Não sabia muito bem o que esperar. Pareceu-lhe evidente que Alice sabia exatamente o que então se passava na sua vida (saber que ela mantinha um apertado registo das suas atividades, em forma de diário, já era outra coisa). Tinham passado nove meses, um relacionamento, uma cena de pugilato em plena via pública, algumas histórias inconsequentes; fizera por não haver rasto de movimentos bancários relacionados com essas histórias, pois sabia que Alice tinha acesso aos seus registos financeiros. Tentara voltar a ser a mesma pessoa que Alice conhecera — mas, ele sabia, estava diferente. Mesmo que tivesse voltado a frequentar restaurantes antigos (em que pagava sempre com multibanco), a correr duas vezes por semana, a ouvir a música do costume, a visitar as mesmas livrarias, a escolher as mesmas ruas para voltar para casa. Mesmo que já não fumasse e até tivesse voltado a frequentar a igreja. Pedro já não era o mesmo, considerava-se preparado para encontrar outra Alice: uma mulher mais magoada, mais triste com ele, mas não desiludida com a vida. Só que não tinha outra forma de o saber que não fosse através do encontro com aquele amor, agora no Funchal, cercado de mar e de um sotaque que o divertia. Pedro ficou instalado no hotel no centro, Alice não lhe oferecera a sua casa embora lhe apetecesse fazê-lo, e ele achou que seria um risco muito elevado; eventualmente acabaria por ser expulso ao fim de dois dias. No hotel estava a menos de cinco minutos do mar. Percorria a rua da Carreira, a do Surdo, passava pelo jardim, pelo Café do Teatro, onde os turistas se sentavam durante todo o dia a aguardar que nada acontecesse. Dali a pouco, Alice estaria no pontão à sua espera. Ele estava seguro de que ela estava bonita e que isso seria uma espécie de acusação permanente: a de que ele cometera um grande erro.

Alice sabia exatamente o que fazer para que Pedro ficasse ainda mais preso a ela — Alice não o desiludiu. Nesta altura, o leitor perdoa o narrador por dar a entender que uma mulher tão frágil, tão triste, saiba jogar as cartas certas. Ah, mulheres. Há-de levar a água ao seu moinho. O Funchal testemunha o reinício deste amor interrompido, entre o perfume de madressilvas (o jardim estava próximo), o ruído do mar (o mar estava ali), a tepidez do ar, o tom dos crepúsculos, o brilho do amanhecer (ele continuava a acordar cedo).

O reencontro foi estranho. Tinham-se passado catorze meses desde que ele saíra de casa. Na noite em que descobriu que Alice assistira a tudo, de forma passiva a um canto, sabendo de todos os avanços com Rita, ainda acabaram por dormir na mesma cama. Porém, logo a seguir, teve de sair. Mediante uma série de telefonemas e mensagens, combinaram dias e horários para que Pedro fosse levando as suas coisas. A cada ida, e consequente transporte de um conjunto de itens e recordações,

Alice ficara um pouco mais triste e ia odiando cada vez mais aquela casa.

Não combinaram encontrar-se uma só vez, mas quiseram fazê-lo até cada um deles estar exausto. Sobretudo ele. Depois, uma tarde, Alice deixara claro que seria melhor não voltarem a ver-se.

Nas duas semanas seguintes (as mudanças duraram três), Pedro acabou por chegar de malas e bagagens a casa de Rita. Depois desse período (em que fizeram amor todos os dias e em todos eles pensou em Alice), Pedro conseguiu arranjar uma segunda casa, pois desfizera-se da que tinha quando se decidira a viver com Alice. O local escolhido foi mais uma vez a Penha de França, zona que conhecia e que não o forçaria a criar novas raízes num bairro diferente, numa geografia estranha. *Quem diria que nos encontraríamos aqui.*

— Quem diria que voltaríamos a encontrar-nos.

Ponto.

(Ferida aberta.)

— Fizeste boa viagem?

— Sim.

— Tiveste medo da aterrissagem?

(Alice recorda-se de que está a falar com uma criança cismada e faz uso disso.)

— Claro que tive medo da aterrissagem.

— Não pediste a ninguém que te segurasse a mão?

— Era uma criança.

— Tiveste azar.

— História da minha vida.

— Nem sempre.

— Às vezes simplesmente estrago tudo.

— Às vezes estragamos tudo um bocadinho.

...

— Onde vamos?

— Tu é que és daqui.

— Vamos passear pelo Funchal.

(Alice, bela Alice, já sabes que se te sentares vais olhá-lo de frente e será mais difícil continuar a fingir que não te apeteceu beijá-lo assim que o viste. Há uma canção: Band of Horses, *No One's Gonna Love You*.)

Ele quer pousar-lhe a mão no ombro. Ela quer que ele a abrace, pois parece-lhe claro, e a ele também, que foi Pedro quem errou. Pedro não é orgulhoso (Alice sim) e quer fazê-lo. Não o faz por medo. Claro que em breve lhe dará o braço, primeiro para ela o torcer, depois para o apertar, agarrar, segurar. Antes, ele tem de confessar que errou, coisa que Pedro faz. Diz-lhe ainda que espera que o perdoe. E diz não acreditar que ela o aceite de volta.

(Claro que acredita. Two Door Cinema Club, *Something Good Can Work*.)

Estavam os dois sedentos um do outro, mas, apesar disso, acabaram por jantar e, no momento derradeiro, por se despedir ao fundo da avenida Arriaga. No dia seguinte, Pedro foi ter a casa de Alice: apareceu duas horas antes do previsto. O resto é história. Todos adivinham as cenas seguintes desse episódio.

DÉCIMO NONO

De cada vez que terminava um relacionamento (embora não só nessa condição, o que tornava a situação mais delicada), Pedro pensava em voltar para Carmen. Passavam horas ao telefone, durante as quais ele lembrava o passado. Ela seguia-o e ria com ele. Depois Pedro apanhava o comboio e ia até ao Porto; confessava-lhe o óbvio: que era ao lado dela que queria estar. Pelo meio, denegria todos os casos de amor que ela ia mantendo (apesar de nem saber se os tinha).

Pedro foi até ao Porto quando terminou o relacionamento com Alice, com Rita (apesar de a Alice se ter sucedido imediatamente Rita, mas isso é outra história); foi assim com todos os casos pontuais que foi acumulando. Carmen perguntava-lhe sempre por Mia.

— Somos amigos.

— Mas dão-se tão bem.

— Pois damos.

...

— Exatamente por causa disso — ele querendo terminar a conversa. Carmen não facilitava e dizia-lhe o mesmo, que tinha sido o mais perto de felicidade que tivera com alguém e que também pensava nele (e pensava).

— Sim, continuo a pensar em ti.

— Sim, os dias de Coimbra foram os melhores de que me recordo.

— Mas temos de continuar.

— Continuar para onde?

— Não sei. Achas que é fácil para mim? Às vezes creio que isto nunca vai passar e andaremos a vida toda a pensar no que teria sido.

— Mas nós *vamos* ficar a pensar no que poderia ter sido.

— Não quero isso para mim.

— Teremos alternativa?

Pedro e Carmen falavam por pausas e angústias, entre silêncios e abraços. Tocando o braço, passando um dedo sobre a mão do outro. The Jesus and Mary Chain, *April Skies*, eles ouviam esta canção.

Pedro nunca lhe perguntou se ela tinha alguém. Queria saber, mas não queria perguntar, talvez porque qualquer resposta, positiva ou negativa, iria magoá-lo. Carmen sabia que ele não a esquecera, mas pensando bem em todos os casos avulsos que ele foi mantendo, achava que tudo se devia à sua instabilidade emocional, à incapacidade para estar só consigo. Era incapaz de ir sozinho ao cinema; não viajava muito, porque não sabia passear sozinho; sempre que estava sozinho em casa, tentava convidar amigos para irem até lá.

— Às vezes acho que os homens só querem mimo.

(E passam a vida a querer voltar aos abraços das mães, acrescenta o narrador.)

Carmen apenas fraquejou uma vez. O pai morrera, o avô estava nos cuidados intensivos, e sentia-se de tal forma em baixo, que, numa das visitas de Pedro ao Porto, ela pensou que talvez fosse bom ponderar dar-lhe uma oportunidade. Dar-se a si mesma uma oportunidade de ser feliz com Pedro.

Claro que Pedro não deu por nada. Naquela altura, estava em lua de mel com Alice (apesar de irem no terceiro capítulo da sua relação) e não sentiu "necessidade de repensar a vida". Aliás, toda a gente sabe que não há nada pior do que "repensar a vida". Os homens, especialmente, imaginam que podem "repensar a vida", o que acontece quando têm tempo disponível, livre, preguiçoso. Ao homem que faz "balanços de vida", só muito raramente o tempo livre lhe faz bem.

Onde é que errei?

(Fácil: de cada vez que inspiras e expiras.) Como Pedro tinha pouco tempo livre, mantinha-se do lado de Alice. E, apesar de sentir que o sentimento cada vez se diluía mais, faça-se-lhe justiça: ele queria, de fato, que tudo desse certo. E diga-se ainda que ele parecia ter aprendido a lição e estava, de fato, a tentar não se interessar por mais ninguém ou sequer a abrir as portas para que alguém se aproximasse. Mia, claro, mantinha-se à mesma distância, mas era diferente: não se pode impedir de se aproximar quem já decidiu que ficará colado à nossa pele.

A essa altura, Mia tinha um namorado. Ele gostava dela (mesmo que ela lhe tivesse dito que estava noutro lugar, que andava noutra direção e que, pior, gostava de outra pessoa). Era atencioso, delicado e, acima de tudo, estava ao seu lado de cada vez que Pedro tomava um avião para o Funchal (praticamente de quinze em quinze dias) ou Alice vinha a Lisboa. Pedro ficava pelo Funchal seis ou sete dias, e, durante esse período, Mia precisava de que Jorge não a abandonasse. Eram dias muito complicados: Pedro tinha de desligar o telefone para evitar ler (pior: para evitar que Alice lesse) as mensagens que Mia lhe enviava.

— Só devo servir mesmo para passar o tempo.

(Mia era muito mais do que isso, mas, naquela altura, Pedro não podia sabê-lo).

— Podias dizer alguma coisa.

(Podia, mas ele não queria correr riscos.)

— Espero que estejas muito feliz.

(Estava.)

Mia à espera, Mia triste. Mia ausente a ver Pedro atirar-se contra o muro. Mia a não conseguir apaixonar-se por mais ninguém. Mia, brava Mia, a viver em função do que poderia ser ou não ser a sua vida. Mia a deixar a sua vida em suspenso, na esperança de que, talvez um dia, Pedro decidisse olhar para ela de uma maneira diferente.

Carmen ainda lhe perguntou por Alice, coisa que nunca fazia. Se era de vez. Pedro foi sincero:

— Espero que sim. Começo a ficar um pouco cansado.

— Dela?

— Não, de viver como um saltimbanco.

— Por momentos, pensei que era de vez.

— Está tudo bem.

Agora que estava disponível para lutar por ele, Pedro dizia-lhe que estava tudo bem. Se alguém entender esta vida que escreva um manual de instruções. Por favor.

— Estás a ganhar juízo, portanto.

(Sempre a tentativa de saber.)

— Estou a tentar ter juízo há já muito tempo.

— Há quanto tempo é que já estás com a Alice?

— Com intervalos, cinco anos. É uma totalista.

— Ou isso, ou uma azarada.

(Não era. Bem, talvez um pouco. Na vida, andamos sempre à espera de um azar que não aconteça; andamos à procura de seres extraordinários que queiram deixar de ser astronautas para viverem ao nosso lado. The National, *Looking for Astronauts*.)

#9

RITA:

Nunca percebi por que ficamos juntos naquela noite e ao pequeno-almoço me disseste para nunca mais voltar.

MIA:

Só não percebi a parte de terem dormido juntos.

PEDRO:

Mia.

Eu também nunca soube porque me procuraste.

RITA:

Podias ter perguntado.

PEDRO:

Não achei que contasses a verdade.

RITA:

Sempre achei que a minha visita teria sido suficiente para perceberes.

CARMEN:

Quando é que o procuraste?

RITA:

Ao final do dia.

CARMEN:

Tu não te armes em esperta comigo.

RITA:

Esta conversa é privada.

MIA:

Acho que neste momento "privado" é uma palavra que não tem muito sentido.

ALICE:

Acho que não precisamos de saber o que se passou.

RITA:

Não precisas de saber ou tens dor de corno?

VIGÉSIMO

Mia não teve sequer de falar no assunto. Ele sabia que aquela conversa acabaria por chegar, apesar de ter tentado evitar o tema. Sabia que era um desejo antigo, sabia que Mia o amava e, sobretudo, que amava aquela relação, aquele quadro de vida doméstica, felicidade provável, temperaturas amenas.

Mais cedo do que tarde, Mia:

— Quero ter um filho.

— Mia. — Já sei o que vais dizer.

— Vou dizer-te que estou a morrer.

— Por isso mesmo.

— Sempre soubeste que eu não queria ter filhos.

— E tu sempre soubeste que eu queria.

— Sempre aceitaste que nos manteríamos só os dois.

— Mas aí tinhas uma vida pela frente.

Mia é particularmente dura com ele. Tem pouco tempo.

— Não aceito um não.

— O que vais conseguir com isso?

Pedro sabe o que ela vai conseguir. Ele espera que Mia esqueça o assunto.

— Tenho-te pedido tão pouco.

— É um pedido que vale por muitos.

— Não digas isso.

— Daqui a uns meses já não estarei aqui. Eu trato do nosso filho.

— Serás mãe e pai.

— E amiga, irmã mais velha, astróloga, enfermeira, vizinha, explicadora, contabilista, tudo.

— É muito para uma pessoa só.

— Não é. Eu.

— Aguentas tudo.

— Aguento.

— É um péssimo princípio.

Agora Pedro (canalha) foi injusto. Conduziu a conversa só para poder dizer aquilo. Mia ressente-se, acusa o golpe, mas Pedro apenas diz o que diz para que ela esqueça a ideia.

— Sabes que não seria sacrifício.

— Não quero deixar ninguém preso a mim. Não quero descendência.

— Por quê?

— Porque é justo que isto acabe aqui.

— Justo para quem?

— Para a criança. Para ti.

— Não te preocupes com a criança. Nada lhe faltará.

— Vai-lhe faltar um pai. Parece-me bastante.

— Pedro.

— Mia.

— Quero ter um filho.

...

— Não digas o que estás a pensar.

(Não digas, não digas.)

— Mas podes ter um filho de outra pessoa.

(Disse.)

— Não acredito que disseste isso.

— Não sou a pessoa indicada.

— Podias ter-me dito isso há quinze anos, quando te conheci.

Ri. Pedro não consegue rir, não acha graça ao que ela diz, continua a achar que não faz sentido que haja um prolongamento de si. Contudo, o que ele não diz é que até queria ter esse filho. Que a ideia o seduz. Não confessa que o verdadeiro motivo é não suportar não estar cá para o ver. Pedro começa a sentir a proximidade do fim, a ideia de que um dia pode não suceder a outros dias. Tudo lhe parece distante, tudo é pouco para o que ainda gostava de fazer.

— Por favor — pede ela.

VIGÉSIMO PRIMEIRO

No dia em que Alice e Pedro romperam de vez, ele chamou Mia para falar. Comprou um pacote de batatas fritas, e esse foi o seu jantar. A sua ligação com Alice não dava certo, mesmo que tivessem já começado e recomeçado por quatro vezes.

— Já não dá.

(As frases banais. The Strokes, *Is This It.*)

— Não aguento mais.

— Nem eu.

— Será que estamos a cometer um erro?

— Provavelmente, estamos.

— Talvez haja ainda outro capítulo.

— Duvido.

— Eu também. Mas mais vale esperar.

Da última vez, o cenário já não era o Funchal, mas Lisboa — mais uma vez. Lisboa, que por aquela altura aproximava Mia e Pedro.

Finalmente começavam a entender-se. Não foram tanto as rotinas diárias, que ambos mantinham. Já era normal que Mia, mesmo tendo um namorado (Jorge, o relacionamento mais duradouro que conseguiu manter) jantasse com Pedro todos os dias, ficasse para o café, dormisse no sofá com ele, o acompanhasse a lançamentos de livros, conferências, fizesse da casa dele a sua casa: ajudava-o na limpeza, sabia onde ele guardava os talheres e as toalhas de mesa, levava-lhe flores, comida (sobretudo comida), garantia que a casa continuasse com a boa decoração do início — para a qual contribuíra escolhendo cortinados, tapetes e móveis. O diálogo que mantivera com Carmen:

(— Somos amigos.

— Mas dão-se tão bem.

The Velvet Underground, *I Love You*)

fora já repetidas vezes pronunciado por todos os que o conheciam, que ele já se habituara à mesma frase:

— Somos amigos.

Pedro começou a olhar para Mia de outra forma e a pensar que os amigos talvez tivessem razão. Numa das noites em que, vendo um filme na televisão, Pedro a puxou para si (não foi a primeira vez), Mia correspondeu e deixou-se levar pela boca dele, abraçando-o. Despiram-se.

(Não haverá uma só cena de sexo; ninguém saberá de que forma ficam nus um homem só e uma mulher apaixonada desde sempre.)

Mia foi ficando mais vezes, embora sabendo que deveria manter a sua casa (que ficava a escassos metros, pois até aqui Mia condicionou a sua vida em função de Pedro — custava-lhe não poder estar a uma distância de cinco minutos a pé dele).

Este período durou sete meses. Mia instalou-se na casa e na vida de Pedro ao longo desse tempo. Começaram a fazer as compras de supermercado em conjunto, planejaram férias, discutiram se ficavam naquela casa ou se se mudavam para outra. Se equacionariam a compra ou o arrendamento. Mia estava feliz. Arranjava-se para sair, comprava flores, cozinhava, arrumava os jornais amontoados na mesa do escritório. Dava toda a atenção a Pedro, o que sempre quisera fazer (e que de alguma forma já fazia). Pedro era o centro de tudo, ele sentia que tinha do seu lado alguém como sempre desejara. O que não quer dizer que ele estivesse sempre presente naquela relação ou que tivesse sido capaz de retribuir todos os gestos de Mia. Não estava seguramente tão empenhado como ela. Diga-se, contudo, em sua defesa (há sempre ressalvas) que Pedro já desistiu. E daí essa apatia, esse jeito meio abandonado de se deixar adormecer no sofá, entre almofadas. Naquela fase, limitou-se a aceitar o que lhe fora dado, sem exigir muito, isto é, abandonou a ideia de que alguma vez se sentirá completo na companhia de outra pessoa; seria o que seria, e Mia apresentava-se, de fato, como a melhor zona de conforto que podia alcançar. O egoísmo dos homens tem muitas formas de se manifestar.

A conversa, que desembocou em discussão, já não lhe interessa. O tema é a ementa do jantar. O tema é o filme para ver depois do jantar. O tema é o passeio de domingo de manhã, entre os jardins abandonados do bairro (The Velvet Underground, *Sunday Morning*). É verdade que ele nunca soubera que teria só mais seis meses para viver, mas isso parecia afetá-lo pouco. Nunca procurara ser o que ela gostaria que ele fosse. O que Mia talvez não soubesse é que Pedro tinha desistido, esperava que Mia oferecesse o que podia (quase tudo) e não pediria mais.

Contrariamente ao que ela imaginara, todas as convivas tinham aceitado o convite, apesar de as reações serem diferentes:

Rita hesitou; Carmen aceitou de imediato, sem fazer perguntas; Alice quis saber quem mais ia, mas depois concordou.

(O tom de voz denunciou a gravidade da proposta.)

— Porque queres usar o serviço novo?

— Nunca o usamos.

— Exatamente.

— Podemos usá-lo só os dois, uns dias antes.

Pedro era idiota a esse ponto.

— Temos mesmo de comprar um vinho tão caro?

— Não achas que é comida a mais?

— Vais mesmo tirar dois dias da universidade para preparar o jantar?

— Não podes simplesmente escrever-lhes uma carta?

E depois um silêncio, uma melodia de despedida, uma angústia fria, uma luz que diminuía vertiginosamente.

— Mia.

— Sim?

— Preciso disto.

— E eu preciso de ti.

— Estou aqui.

— Não estás. Nunca estiveste.

— Vivemos juntos há quatro anos.

— Moramos debaixo do mesmo teto há quatro anos.

— És a minha mulher.

— Sou?

— Com quem é que partilho os dias, não é contigo?

(Comprar móveis no IKEA, dividir o ordenado para as contas, levar o lixo à rua, comprar pão todos os dias, Kings of Convenience, *Mrs. Cold*.)

— Estou de partida, Mia.

Então ela quebrou. Olhou-o da janela da cozinha e chorou. Pedro susteve a respiração.

— Vou gostar de ti para o resto da minha vida.

Acendeu um cigarro enquanto chorava.

— Que vou fazer a esta casa?

— Deves ficar com ela.

Como se conseguisse.

(Não percebes nada).

Como se conseguisse sentar-se no sofá onde tantas vezes se despiram. Apagar os cigarros no cinzeiro que mantinham no parapeito da janela. Deixar-se adormecer a meio da manhã de sábado — algum dia conseguiria ter outro homem ali? Mia tão bela. Claro que esse dia virá, pensava Pedro.

— És a mulher mais forte que conheço.

E era mesmo.

VIGÉSIMO SEGUNDO

Pedro estava a morrer, mas não sabia. Não se fala agora do câncer (ainda), ainda vem distante; a única coisa que parecia apontar para isso era o pequeno quisto que descobrira. Alice voltara a Lisboa, e ele encontrara-a casualmente. Vinha feliz. Ia pela rua de auscultadores nos ouvidos e não ligava aos semáforos, aos passeios e às passadeiras. Erro fatal, que não será verdadeiramente dramático, já se sabe, porque, por pura das sortes, tudo o que sofreu foi uma contusão e um corte na zona do queixo, sobre o qual deixará crescer os pelos da barba. Como, em virtude do embate, ficou com um forte desconforto intracraniano, com picadas como agulhas de ouvido a ouvido, o neurologista mandou fazer o exame. E foi o que se soube: o tal quisto, embora hoje, quando Rita, Alice e Carmen se prepararam para ir jantar a casa deles, ninguém o consiga convencer do contrário.

De tudo o que foi passando, houve um dia em que tudo deixou de doer. Carmen. Rosa. Alice. Rita. Isabel. Margarida. Cláudia. Sandra. Teresa. Ana. Mia. Outros: são só nomes. A esta distância, parece ser, ainda assim, tudo o que constitui a sua biografia. Mesmo limitada, seria uma biografia. Pedro será um homem só. Morrerá dessa forma, mesmo que Mia o acompanhe até ao fim da doença e que, pelo meio, tenha de mostrar a casa àquelas três mulheres que passarão pela porta, vigilantes e decididas, que olharão para a porta do quarto onde uma colcha amarela cobre a cama, onde a mesa-de-cabeceira está repleta de livros, que verão os cortinados que mudou quando começou a viver nesta casa, as estantes que enchiam as paredes do escritório, o armário ao fundo do pequeno corredor, o roupeiro das visitas, as toalhas de mesa, o televisor, o DVD que não funcionava desde a primeira semana que o tinham comprado, a máquina de café expresso, os cofres (um por cada divisória) destinados a fins diferentes, os quadros, as fotografias dos dois, as memórias, os despojos de um amor que não se transferiu para aquelas paredes. The Cure, *The Last Day of Summer*, sacanas de canções, às vezes explicam tudo. Rita, convencida de que deveria ter a sua própria recepção e passadeira vermelha, chegou mais tarde do que as outras convidadas. Poderia ter optado por chegar em primeiro lugar (reservara e planejara todo o dia — a semana, na verdade — em função do jantar). De manhã, aguardou que a cabeleireira chegasse a casa e depois foi à esteticista (para tratar das mãos, dos pés, unhas, uma massagem, a pele do pescoço). Trocou de roupa por três vezes e escolheu quatro pares de sapatos — todos de salto alto, como ele gostava. E, mesmo depois da cerimônia do calçado, optou por levar os pares recusados na mala do carro, não fosse acontecer alguma coisa. Depois escolheu o perfume. Recuperara o perfume que usava nos tempos de Pedro. Levou calças de ganga, um *top* ligeiro e salto alto (a descrição pode parecer banal para quem passou tanto tempo a preparar-se, mas ela sabia o que fazia); Alice apareceu com sapatos com sola de borracha, leves e práticos;

Carmen, como de costume, apareceu de salto alto — não para agradar a ninguém, mas porque esse era, efetivamente, o seu estilo. Pedro fazia muitas vezes o exercício, com uma teoria altamente falível, de tentar desenhar o perfil psicológico pelo calçado que as mulheres usavam.

Agora são duas e meia da manhã e sobre o definhar de Pedro não se falará. O leitor sabe que o horror verdadeiro é assistir a tudo. Mas Pedro pouco vai sentir nesse momento.

Pedro e Mia já levantaram a mesa, preparam-se para arrumar a cozinha. Mia olha-o, Pedro evita-a, pois ainda não recuperou do embate. Custa-lhe, cada vez mais, estar tantas horas de pé, e a condição física em que se encontra serve-lhe na perfeição para poder evitar falar, pedindo a Mia que se sentem no sofá da sala. Ele não falará; Mia tentará uma reação. Mia ainda não compreendeu que Pedro se tornou mais mecânico, mais apático, muito próximo do fim. Não sente necessidade de justificações. Pedro passou a sorrir menos, a deixar de cumprimentar os colegas quando chegava à universidade. Passava pelo refeitório e recolhia para o seu tabuleiro uma sandes, um sumo, senha para o café; não abria a boca, a não ser para mastigar. Talvez tenha sido um hábito que lhe ficou do tempo em que se encontrou com Alice pela última vez, episódio que ainda há poucas horas foi relembrado. Alice convidou-o para almoçar, e ele foi, mas não foram capazes de articular duas frases seguidas. Tem dificuldade em fechar portas, e os fantasmas passeiam-se livremente pela casa, sem deixá-lo repousar quando regressa a casa. Nesta altura, Pedro não suporta estar sozinho.

Não consigo mais.

Pedro é fraco, mas talvez essa seja a única forma de querer viver pelo amor. Existiram em tempos palavras que encheram a casa de Pedro e Mia. De Pedro com Carmen. De Pedro com Alice. Rita. Mas, agora, Pedro está sentado no sofá, ao lado de Mia — e estão calados. Fumam muitos cigarros no escuro da sala, e o espaço enche-se de fumo, apesar da janela aberta. Cada baforada é um saco de palavras que se elimina e um placebo para matar o que os consome.

Tudo isto saiu demasiado dramático, mas não é por isso menos verossímil. Pedro foi gradualmente abandonando a vida; só não quer senti-la a desaparecer. Já não pede muito. Só quer que Mia não abandone nunca aquela casa — não o deixe. Nunca mais.

Lisboa e Funchal, janeiro de 2011.

Onde a Vida se Perde é parte de um verso de Pedro Abrunhosa, do poema "Entre a espada e a parede", do álbum *Longe*, 2010.

Impresso em São Paulo, SP, em fevereiro de 2016,
em papel off-set 75 g/m², nas oficinas da Arvato Bertelsmann.
Composto em Berkeley, corpo 11,5 pt.

Não encontrando esta obra nas livrarias,
solicite-a diretamente à editora.

Escrituras Editora e Distribuidora de Livros Ltda.
Rua Maestro Callia, 123
Vila Mariana – São Paulo, SP – 04012-100
Tel.: (11) 5904-4499 – Fax: (11) 5904-4495
escrituras@escrituras.com.br
vendas@escrituras.com.br
imprensa@escrituras.com.br
www.escrituras.com.br